プリンセスの帰還

マリオン・レノックス 作

山野紗織 訳

ハーレクイン・イマージュ

東京・ロンドン・トロント・パリ・ニューヨーク・アテネ・アムステルダム
ハンブルク・ストックホルム・ミラノ・シドニー・マドリッド・ワルシャワ
ブダペスト・リオデジャネイロ・ルクセンブルク・フリブール・ムンバイ

BETROTHED:TO THE PEOPLE'S PRINCE

by Marion Lennox

Published by Harlequin K.K., Tokyo, 2010

◇作者の横顔

マリオン・レノックス　オーストラリアの農場で育ち、ロマンスを夢見る少女だった。医師と結婚後、病院を舞台にしたロマンス小説を書くことからスタート。現在はハーレクインの常連作家として、作品の舞台も多様になり、テンポのよい作風で多くの読者を得ている。トリシャ・デイヴィッド名義でも作品を発表していた。

主要登場人物

アテナ・クリストウ……雑誌の編集者。愛称テナ。

ニコス・アンドレアディス……漁船団のオーナー。

ニコラス……アテナとニコスの息子。愛称ニッキー。

クリスタ……ニコスの娘。

アニア……ニコスの母親。

マリカ……ニコスの前妻。

デモス……アテナのいとこ。

アレクサンドロス……サフェイロスの大公。アテナ、ニコスの友人。

リリー……アレクサンドロスの妻。

1

華麗に着飾った人々のあいだに入ってきたのは……ニコスだった。

彼女は部屋を見渡し、明日のファッションコラム用のメモをとっていた。

男性たちはほぼ黒ずくめ。黒のTシャツに黒のジーンズ、無精ひげ。女性たちはオードリー・ヘップバーンまがい。きゅっと絞ったウエスト、広がったスカートに真珠。一九五〇年代の再現だ。

なにか食べている者はまずいない。ウエストをきつく締めているし、ウエイターもまばらで、ものを食べるのはクールではないからだ。

ニコスはビールを持ち、ウエイターのトレイからキャビアののった小さなパンケーキのようなブリヌイを四つ手にとった。それを一つ口に入れてから、ふたたび部屋を見まわした……彼女をさがして。

歳月が過ぎてもなお。彼は私の世界をとめられる。

思わず息をするのを忘れていた彼女は、ドライマティーニをあおったが、喉の妙なところへ入ってしまい、むせてしまった。むせるなんて、ものを食べる以上にクールじゃない！

しかし、助けが来た。人々をかき分け、さっと横に立ったニコスが彼女の手から飲み物をとりあげ、ほどよい力で背中をたたいて回復を待った。

ニコス。

失神すればいいのよ。あせりながら彼女は思った。そうすれば、救急車で安全な緊急救命室に運ばれる。十年ほども前に別れた男性から離れて安全な場所へ。

でも、失神する方法がわからなかった。助けを求められそうな人はいない。誰も彼女がむせていることに関心など払っていないのだ。ニコス以外は。

記憶にあるニコスはこれほど大きくなかった。それに、こんなに……すてきだった？　この場にふさわしい黒のブランドものの服ではなく、色あせたブルージーンズをはき、着古した白のコットンシャツは上のボタンが二つない。腕には古い革ジャケットがかけられている。

ファッション編集者としての彼女は、そのセンスを認めていた。さすがね、ニコス。

彼女はさらにむせながら必死に体を離そうとした。ニコスの黒髪は巻き毛で、少し長すぎる。濃い褐色の目は端にしわができ、肌は海の生活で日焼けしている。人工的に日焼けした人たちの中で、彼のは本物だ。彼は仕事のせいで全身日に焼けている。

漁師のニコス。幼なじみの恋人。

昔からすてきだったけれど、今の彼は？　彼女はどう表現すればいいかわからなかった。世界の一流雑誌のファッション編集者なのに。

なにか言わなければ。今や部屋のほぼ全員の視線が向けられている中、またむせるわけにはいかない。

「飲み物は、もういいかい？」その口調は少しおもしろがっているようだった。以前聞いたときより深みがあり、魅力的なギリシア語訛《なまり》がある。たまらなくセクシーだ。

ニコスはビールとマティーニと三つ残ったブリヌイのバランスをとりながら、空いた手を使って彼女の背中をたたいていた。

彼は大きくて、有能で……。

ニコス。

ようやくむせるのがおさまると、いつしか人々の目はニコスに注がれていた。まあ、そうね。モデルやデザイナー、マスコミ関係者、バイヤーたちがあからさまに興味を示している。いいえ、欲望さえも。

「人心地ついたかい？」ニコスに穏やかに尋ねられ

て、彼女は思った。ええ、あなたが消えてくれたら。

「ここでなにをしているの？」

「君をさがしていたんだ」

「よくある誘い文句ね」

「そうだよ」彼は無造作に言った。よくもぬけぬけと！　みんながそんな誘い文句を待っているのに。

「キュートだな」彼は彼女の全身を眺めて言った。

もちろん。装いには苦労しているのだから。赤いミニスカートは体に張りつき、黒の巻き毛は都会的に結ってあるが、この過激なファッションの人々の中では透明人間も同然だ。

「行って」彼女は言ったが、ニコスは首を振った。

「それはできないよ、プリンセス」

「その呼び方はしないで」

「だが、そうだから」

「お願い、ニコス、ここではよして」

「おおせのままに」ニコスは気楽に応じた。「だが、僕たちは話す必要がある。電話では君が受話器を置いてしまうから」

「今どき受話器なんて置かないわ」

「アルギロスではそうなんだ。人と話したあとは」

「私はアルギロスに住んでいないの」

「そう、そのことで話したいんだ。君はそろそろ帰国するときだ」ニコスは彼女にマティーニを返し、自分はビールを飲んで、残りのブリヌイを食べた。

彼は常にカリスマ性があり、人は彼に惹《ひ》きつけられ、私も惹きつけられた。

「で、どうなんだ？」ニコスは歩み寄ってきたウエイターにほほえんだ。ああ、あの微笑……。

「なぜ私が帰国するの？」

「王位の問題がある。新聞で読んだだろう。君のいとこのデモスは君と話したと言っている。アレクサンドロスも君と話したはずだ。それとも、彼に対しても、君は受話器を置いたのか？」

「もちろん、置かなかったわ」

「それなら君は、自分がアルギロスの王位継承資格のある王女だとわかっているはずだ」

「私はどこの王女でもないわ。デモスが王位につけばいいのよ。本人が望んでいるんだから」アテナは反論した。

「デモスの王位継承順位は第二位。君が第一位だ。君がなるべきなんだ」

「私には放棄する権利があるわ。それを考えて。王家なんて時代遅れでばかばかしい。私の生活の場はここなのよ。じゃあ、失礼……」

「テナ、君に選択の余地はない。帰国するんだ」

テナ。私をそう呼ぶのは彼だけ。そう呼ばれると私がどんな気持ちになるか……気持ちなど、この際関係ないのに。

冷たく無関心になるのよ。アテナは自分に言い聞かせた。彼が言っているのは昔のこと。アルギロスは、もう私には無縁の場所だもの。

「あなたの言うとおり、私に選択の余地はないわ。私の生活の場はここなのよ」

だが、この部屋ではない。ふいに部屋が狭くなったように感じられ、過去と現在がぶつかり、自分の足元が大きくゆらいでいるようだ。

私とニコスが同じ部屋に？　私とニコスが同じ街に？　私とニコスと二人の間の息子が？

ああ、だめ！　恐怖で足がすくみそうだ。

「ニコス、話しても無駄よ」アテナはどうにか言った。「帰国はしない。私の家はここよ。では、することがあるから……」アテナはマティーニのグラスをニコスに渡すと、さっさと人々の間を縫って歩き去った。そしてドアにたどり着いても歩きつづけた。

クロークに預けたコートを受け取らなかったが、どうでもいい。外は寒いけれど、寒さは感じなかった。顔が燃えるようで、体はふるえている。

彼はほうっておいてくれるかもしれない。

いいえ、無理。遠くアルギロスから、無視されるために来ているわけではないのだから。

雨降りで、ハイヒールは歩くのに向いていない。脱いで走りたい。彼が追ってくるから。

もちろん、彼は追ってきた。

そばに立たれると、アテナはなぐられたようなショックを受けた。ニコスは私の世界をおびやかす。

「どこへ行くんだ？」彼は穏やかにきいた。

「あなたが歓迎されない場所へよ」

「これが家族の迎え方か？」

「私はあなたの家族じゃないわ」

「それは僕の母に言うんだな」

彼の母親……。アテナはアニアのことを考え、心から後悔した。横目でニコスを見て、それからあわてて目をそらした。アニア……アルギロス……。

ニコス。

私はそれらをすべて十年前に捨ててきた。捨て去ることで心は砕け散った。

「君の運命なんだ」ニコスはやさしく言った。ただパーティ会場からの会話を続けているだけのように。

「私に運命などない。みんなギオルゴスのものよ」

「王は死んだ、アテナ。跡継ぎなしに死んだんだ」

「それがなんだというの？」

「それはつまり、ダイヤモンド諸島がまた三つの公国になるということだ。もともとの王家がふたたび支配できる。だが、それは君も知っていることだ。ちなみに君は自分が美しいことも知っているか？」

そう言って、彼はアテナの腕をつかんで引きとめた。

アテナは大股で歩いていた。怒り、恐怖におののき、とまどって。雨はみぞれに変わっていた。ハイヒールとタイトスカートとパシュミナストールはパーティ用で、屋外向きではない。

そのまま歩きつづけるべきだったが、どこへ行けばいいかわからない。ニコスより速く歩くことはできないし、もちろん彼をアパートメントに連れていくつもりはない。ぜったいに息子のもとへは。立ちどまって、今終わらせたほうがいいかもしれない。

アテナはニコスに向き直った。冷たい強風がまともに吹きつけ、思わず身ぶるいする。

ふいにニコスの古い革ジャケットに体をおおわれ、彼のぬくもりとなつかしいにおいに包まれた。革とニコスと故郷のにおい。古い港の漁船。島の絶壁を抱く白い石造りの家々。サファイア色の海と明るい太陽。ダイヤモンド諸島。

突然、愚かにも涙があふれてきた。

「ここから離れよう」ニコスは言うと、アテナの肘に手を添えてレストランの入口へいざなった。まるでここが彼の町で、自分が住んで働いている世界から遠く離れてはいないかのように。

ニコス……。

「こんなのを君は服と呼ぶのか？」その不満げな声を聞いて、子供のころ彼がいかに生意気だったかをアテナは思い出した。でも、常に正しかったけれど。生意気で、横柄で、それでいて……楽しかった。私の心を乱し、君もやってみろよと挑発して。

彼のせいで、何度膝をすりむいたことだろう。

〝もちろん、あの崖《がけ》ならのぼれるよ。まさかどこかの女の子みたいに座って見ていたりしないよな？〟

アテナは決して座って見ていなかった。もっと大きくなり、ほかの島の男の子たちが仲間に加わっても、常に一緒に行動した。あのときまでは……。

忘れなさい。先に進むのよ。彼女は自分に言い聞かせた。私は一流雑誌のファッション編集者。ニューヨークに住んでいて、それでいいのよ。

なのに、ニコスはここでなにをしているの？　ここは行列ができ、予約も一カ月待ちがあたりまえのレストランなのに、ニコスは注目を集め、ウエイターはすぐに席を見つける。彼にはなにかあるのだ。昔から。その力は依然として衰えていない。

　アテナはあっけにとられたまま、店でいちばんの席に案内された。ウエイターがジャケットを受け取ろうとしたが、彼女は脱がなかった。今はそのぬくもりが、心地よさが必要だった。

「お勧めは？」ニコスがウエイターに尋ねた。

「お料理ですか？　甘いものですか？」

「もちろん甘いものを」そう言って、ニコスは向かい側に座ったアテナにほほえんだ。「このご婦人の今の気分では、糖分がいくらあってもたりないよ」

　アテナは微笑を返さなかった。とてもそんな気分にはなれない。

「クレープは？」ウエイターが申し出た。「お時間があれば、ラズベリースフレもお勧めですが」

「では二人とも、クレープのあとにスフレを」ニコスが言うと、ウエイターはにっこりしてうなずき、王族に背を向けてはいけないと察したかのように、そのままあとずさりして去っていった。

　ニコス。昔、私たちは……。

　いいえ。しっかりしなさい。

「私はどこへも行かないわ」アテナはつぶやいた。

「帰国を無理強いなんてできないわよ」

　ニコスはふたたびほほえんだ。にっこりして白い歯がのぞき、目には影がさして深みがある。誰の心臓でも止めてしまいそうな微笑。とくに私の心臓を。

「もちろん。無理強いはできない。決めるのは君だ。だが、そのために僕はここに来ている。君が帰国する必要があると決意するのを助けるために」

「私の国はここよ」

「今までの仕事はここだし、君はよくやった」

「上司のようなものの言いかたはよして」

「べつに上司のつもりで言っているわけじゃない」

「私の仕事ぶりなど知らないくせに」

ニコスはなかばあざけるように眉を上げた。「君の今の地位には七人の候補がいた。全員君より年上で経験豊富だった。それを飛び越して君は仕事を勝ち取った。ボスはいい決断をしたと信じているよ」

「どうしてそんなことを……」

「僕は自分の仕事をしたまでさ」

「よして。そんな必要ないわ」

「必要はある。君は常に王位を継承するチャンスがあったし、今こそそのときなんだ」

「そのつもりはないわ。望んでいるデモスが継承すればいいのよ。本来はあなたが継承すべきだけど、それが無理なら……デモスでいいわ」

「僕に継承権はない」

「あなたは国王の甥《おい》よ」

「理由はわかっているだろう」ニコスは冷静に言った。「たしかに僕の母は王の妹だが、王位の継承は直系の男子でなければならない。だから僕はだめなんだ。しかし、それぞれの島の王位は男女平等だ。アルギロスの後継第一位は君、プリンセス・アテナ、アルギロス王女だ。いい響きだろう？」彼はほほえんでテーブルごしにアテナの手を握ろうとしたが、彼女はさっと引っ込めた。

「ばかげてるわ。言ったでしょう、ニコス、私は帰国しないのよ」

「理由をきいてもいいかな？」

「あそこは私の居場所じゃないのよ」

「そんなことはないさ。僕の家族はいつでも君を歓迎したし……」

「あなたの家族」アテナはきっぱりさえぎった。「そうよね。奥様はお元気？」

なぜこんなことをきいたのだろう？　きいてどんな違いがあるの？　それでも急に……きかずにいられなかった。

ニコスはすぐには答えなかった。アテナの手を握ろうとするのをあきらめ、両手をテーブルの上で組んだ。大きくて力強い手。その手に結婚指輪はない。

ああ、きかなければよかった。ニコスの顔を見る限り、返事はむずかしそうだ。やはり答える気はないのだとアテナが思ったとき、ようやく彼はウエイターを呼んでビールを注文してから答えた。

「マリカとは離婚したよ。彼女は再婚して島を去った」ニコスのまなざしに表情はなく、そのことが今も心の傷になっているのか判断はできない。

十年前——アテナが島を去った二カ月後、叔母から手紙が届いた。

ところで、ニコスはマリカと結婚したわ。噂《うわさ》では赤ちゃんが生まれるそうだけど、誰ももうそんなことは気にしないでしょう。私は常々あなたがニコスと結婚すると思っていたけれど、ギオルゴス王がそれは嫌うわね。だから、あなたはかかわらないのがいちばんよ。

そのときまでアテナはニコスが追ってくると期待していたが、手紙を読んで……。

マリカはニコスの遠縁で、野心的で男に媚《こ》びていた。昔からデモスを好きだと思っていたのに——実はニコスを好きだったのだ。

アテナはショックのあまり体調を崩した。そして四カ月後、叔母からさらに短い手紙が届いた。〝赤ちゃん。ニコスとマリカの娘が……〟文章は途中で終わり、封筒の文字は走り書きだった。

それも不思議はない。手紙は叔母が亡くなって二日後に配達されたのだ。

アテナは泣いた。叔母の死を看取《みと》れず、手紙を受け取るまで病気だとも思わず、島との最後の絆《きずな》が切れてしまったことに。ニコスとマリカに子供が生まれたことに。でもすべてはあいまいなままだった。

「ごめんなさい」アテナは言った。「いつなの？」

「妻が去ったのが？　九年前だよ。長い結婚生活とは言えなかった」

　その口調は苦々しかった。ああ、ニコス。あなたもなの？　体の傷は癒《い》えても心の傷は癒えないのね。

「ごめんなさい。でも、それは私とは関係ないわ。島のことは一切。叔母が最後の家族だったけれど、もう亡くなったもの」

「島全体が君の家族だよ。君が治めるんだ」その突然の情熱的な口調にアテナはひるみ、どう答えていいかわからなかった。

　クレープが運ばれてきた。レモンリキュールにクロテッドクリームがたっぷりで、できれば口にしたくないものだ。食べはじめたニコスが手をとめた。

「どうしたんだ？」

「本当はこれはいらなかったの」

「体調が悪いのか？」

「いいえ」

「それなら食べるんだ。そんなにやせて」

「やせてないわ！」

「やせているよ」ニコスはにやりとし、突然、あのえらそうな態度と議論と楽しさがよみがえった。彼との子供時代は本当にすばらしかった。

「無理強いはできないわよ」アテナは思わず子供時代に何度も口にした返事をした。

　ニコスの瞳が挑発的に輝いた。「賭《か》けるかい？」

「いいえ！」

「クレープを食べてごらん、テナ」

　アテナはついほほえんでフォークを手にとった。こんなカロリーたっぷりの食事をしたのはいつ以来だろう？　おいしくて、頬が落ちそうだ。

「モデルじゃないんだ」ニコスはクレープを食べながら言った。「飢える必要はないさ」

「期待されるのよ」アテナは言った。「どんなにやせていても、やせすぎってことはないの」

「じゃあ、君が五百グラムとか三キロ太ったら、会社に解雇されるのか？」

「今夜のパーティで……もし私が十四号の服を着ていったら、あの場に入れたと思う？」

「君は記事を書くために招待されたんだ」

「私はあの場の一部なのよ。彼らは自分たちの場を完璧《かんぺき》にしたいの」

「それが君の望むキャリアなのか？」

「海で海老《えび》をとるよりましだわ」

　さらに沈黙。でもニコスは怒っていない、とアテナは思った。彼はなにごともなかったように食べつづける。昔から彼を怒らせることはできなかった。

　どれほど彼に会いたかったか。十年間、手足をもがれたような痛みに苦しんできた。今彼を見ていると、急にまた身も心も完全になったような気がする。

　彼はパーティ会場の人々になじんでいたと思ったが、それは違う。私の思い違いだった。彼は私の同業者たちの理想の体現なのだ。ニコスのような肉体を得るために、彼らはジムや日焼けサロンや形成外科などの高価な手段に頼っている。

　生活のために一日五十個ぐらい海老とりの籠《かご》を投げればすむのに。そう思って、彼女はほほえんだ。

「なんだい？」ニコスが言ってほほえみ返すと、アテナは思わず目をそらした。「会いたかったよ、テナ」テーブルごしに手を伸ばし、彼女の手を握ろうとする。

　だめよ。アテナは誘惑に負けず、テーブルから手を引っ込めて膝に置いた。けれど、ついこう答えてしまった。「私も会いたかったわ」

「それなら国に戻ってくれ」

「あなたに会いたかったから？」

「国が君を必要としているからだよ」

　ああ、まただ。務め。罪の意識。

「いやよ」

アテナが目を閉じると、ウエイターが近づいてきて皿を片づけ、スフレ用の皿を並べた。

務め。十年前、そのために私は二つに引き裂かれた。今にして思えば……。

「デモスがまたダイヤモンド鉱山を開きたがっているのは知っているだろう？」ニコスが話のついでのようにして言うのに、アテナは目を見開いた。

「なにを……なぜ？」

「前からの望みだよ。ギオルゴスの強欲のせいで思いとどまっていたが。ギオルゴスは金《かね》があるから鉱山などに興味はなかったからね。だが、王家の金庫はサフェイロスのアレクサンドロスに渡り、アルギロスの国庫に金はほとんどない」

「どの鉱山を開きたがっているの？」私には関係ないわ。気にしなければいいのよ！

「すべてだ」

「すべて？　島は荒廃してしまうわ」

「デモスが気にすると思うか？」

アテナはニコスを見つめたが、見ているのはもはや彼ではなかった。アルギロス……ダイヤモンド諸島。地中海に浮かぶ三つの美しい島国。波に白く洗われた岩、けわしい断崖《だんがい》、サファイア色の海。陽光に輝く三つのダイヤモンド。故郷。

昔、諸島はサフェイロス、アルギロス、クリセイスという三つの国だったが、この二百年間は一つの王国として統治されてきた。しかし今、世継ぎのいないギオルゴス王の死で、再び三つの公国になった。

そして私は王女のアテナ。

ああ。島を去ったときに王族の称号も捨てたのに、それはうわべのことにすぎなかったんだわ。

ニコスのほうが私より統治する資格があるのに。彼はずっとアルギロスに住んで働き、国を愛しているのだから。

そしてデモスは？

デモスはアテナの叔父の息子だった。父親がアテナの母親より年下だったために、アテナが継承第一位、彼が第二位になったのだ。だが、どちらも統治することなど予期していなかった。

たまにアテナは新聞の社交欄でデモスの記事を読んだ。彼女は王女の称号を島に捨ててきたが、デモスはまだ王子の称号を大事にし、利用している。

彼は一週間前に電話してきて、アテナに継承権を放棄し、王位を譲るように頼んだ。ためらいながらも彼女は同意した。だって、ほかにどうしようがあるの？　私が帰国するのは無理なのだから。

「デモスは王の統治が終わったとわかった翌日に島に戻ったよ」ニコスは言った。「彼は王位を欲しがっている。手に入れるためなら、なんでもするだろう。そして君が王位を望んでいないと決めつけている。その理由がわかるか？」

「電話をかけて頼んだからよ」

「アレクサンドロスも君に電話したはずだ」

「ええ」サフェイロスの新しい大公アレクサンドロスは、継承に関するもつれを解こうとしていた。

「そして君は、彼に悩んでいると言った」

「ええ。デモスが電話してくるまでは」

「頼まれたからデモスに譲るのか？」

「いずれにせよ、お飾りの称号よ。デモスがいいようにするわ。それに今さら私が帰国できる？」

「お飾りじゃない。もし彼がダイヤモンド鉱山を開くなら」

「どうでもいいわ。私の生活はここにあるの」

「クレープやスフレがなければ、たいした生活とはいえないさ。さあ、見てごらん！」

お勧めのデザートが運ばれてきた。この店の名物だ。どのようにしてニコスはここで自分のやり方を通したのだろう？

「あなたは何者なの？」その言葉に、ニコスはにやりとした。

「アルギロスの漁師だよ。さあ、黙って食べよう、テナ。この食べ物には敬意を払わないと」

アテナは否定しようと口を開いた。もう甘いものは不要だ。

でも、ラズベリースフレは見るからにおいしそうだ。アテナが迷っている間にウエイターが真紅色の果汁をスフレにかけると、もう抵抗できなかった。彼女は黙って食べた。ああ、天国だわ。

今の職についているためには、こんなごちそうも我慢しなければならない。明日五時に起きて、ふだんの倍の距離のジョギングをすれば、たぶん……。

「気にしなくていい」ニコスはボウルの内側を人さし指でぬぐい、おいしそうになめた。「十一歳のころの君はもっとお尻が大きかった。今は不自然だ」

「これが私の職業なのよ」アテナは食べおわってスプーンを置いた。誰が指をなめたりするかしら？

急に思い出がよみがえった。ニコスの母親のアニアはキッチンで始終パイを焼いていた。ああ、おいしかったプラムパイ……。

思わずアテナは指をボウルに入れて縁をなぞってからなめた。今このスフレを味わっているのか、過去のパイを味わっているのか、わからない。

「お母様はお元気？」彼女は尋ねた。

「元気だよ」ニコスは言った。「君によろしく、早く国に戻れ、と言っている。もっとも、今のような君を連れて帰ったら、卒倒するだろうけどね」

「私、お母様が大好きだったわ」思わず口から出た言葉だった。そんなつもりはなかったのに。

「君が去ったときは悲しんでいたよ、テナ」

「そうね」ふいにアテナは耐えきれなくなった。もうたくさん。感情に圧倒されそうだ。あわてて立ちあがってよろけると、すかさずニコスが横に来て、肘をつかんで支えた。

振りほどかないと。体がとろけそう……。

「もう帰るわ」

「僕の車が近くにある」

「ここに？　マンハッタンに車を持っているの？」

「ステファノスから借りたんだ」

ステファノス。そうよね、三人目の後見人だもの。ステファノス、アレクサンドロス、ニコスは子供時代から友達だった。それぞれの島を解放するという共通の目標で結ばれた、三人の聡明《そうめい》な少年。彼らは一団で行動したが、もちろん、ギオルゴスの存命中はなにもできなかった。しかし今は……。

「ステファノスは今もニューヨークに？」アテナは尋ねた。一度、友人の見舞いで病院に行ったときに彼を見かけたが、気づかれる前に立ち去った。彼がいるから、別の街に引っ越そうとさえ思ったほどだ。でも、ばかばかしい。ここは大都市なのだ。

「ステファノスはオーストラリアでクリセイスの王位継承者をさがしているよ。彼はあの島の摂政親王だから。君と同じく選択の余地がないんだ」

「私にはあるわ」アテナは言い返した。「その一つは自分で家に帰ることよ。今、住んでいる家に」

「ここからどうやって帰るんだ？　タクシーで？　それなら僕が送るよ」

「地下鉄に乗るわ」

「地下鉄……」

「ここは私の家の近くなの、ニコス」アテナは決然とした声で言った。「ここに私は住んでいる。でも行かないと。オスカーとニコラスが待ってるから」

「オスカーとニコラス？」

「家族よ」アテナは言ってから、ニコラスのことを考えて恐怖がよみがえった。「じゃあ……失礼……おやすみなさい」そして踵《きびす》を返し、レストランを出て舗装道路まで来ると、靴を脱いで走りはじめた。

2

アパートメントに入ると、キャリーがテレビを見ていた。太った中年のキャリーはホームレスたちのために毛布をせっせと編んでいる。アテナはドアを閉めると外の世界を締め出し、目の前の家庭に慰めを求めるように、そのままドアにもたれた。

オスカーはキャリーの足元に寝ていた。大きなバセット犬は〝こんな時間に起こすのか？ 冗談じゃない〟というように、非難がましくアテナを見る。

アテナはほほえんだ。オスカーも助けになるわ。

「まあ、すてきなジャケット」キャリーがソファから言った。「男の人と交換したの？」

いけない。着ているのを忘れていた。いや、心のどこかではわかっていたのかもしれない。気に入っているから。アテナはやわらかな革に指で触れて、そこにも慰めを感じた。「そうなの」

「ハンサムな人？」

「ええ。とてもハンサムよ」

「すてき」キャリーはバッグに編み物をしまった。「デートに誘われたの？」

「もうしたわ。スフレとクレープを食べたの」

「クレープ？ あらあら。また会うの？」

「一度でいいわ」生涯に一度で。

キャリーの顔に落胆の色が浮かんだ。「どうして？」本気で不満そうだ。「ニッキーなら私があずかるのに。あなたにだって恋愛は必要よ」

「一度はしたわ」

「でも、ジャケットを持ってきたんでしょう」キャリーは考え深げに言った。「頭がいいのね。そんなジャケットなら、男は惜しがるわ。彼はあなたの住所を知っているの？」

「いいえ。あとで郵送するつもりだから」

「数日後にね。その男に挑戦するのよ」キャリーは立ちあがって部屋を横切り、アテナを抱擁した。「あなたにもわくわくするようなことがないと。ニッキーには父親が必要よ」

「キャリー……」

「言ってみただけよ。じゃあね」

そう言ってキャリーは去り、部屋は静まり返った。

アテナはキャリーのぬくもりの残るクッションに座り、彼女が見ていたメロドラマをぼんやり見つめた。オスカーがため息をつき、足にもたれかかる。

私には慰めが必要なのだ。怒るのはやめないと。だって、なぜ怒るの？　十年もたって、まだニコスに怒る権利など、もうないのに。

いや、あるかもしれない。十年前、私は彼に追ってきてほしかった。ただ一言……〝大丈夫か？〟という伝言だけでも。叔母は私の住所を知っていたし、ニコスは叔母を知っていたのだから。

でも私は島を去った瞬間、ニコスの生活からも去ったようだった。そして今……彼はここに現れ、島の未来に参加しろと要求している。アルギロスのことを考えろと。

そして私が考えられるのは、彼に息子がいる事実を話していなかったということだけ。

彼が来ているのだから、話すなら今だ。本来なら十年前に話すべきことで、今、彼が知ったら……。

でもやはり、勇気を出して話さなければ。

ことによったら、彼はもう私に会おうとせずに帰国するかもしれない。彼に話すために、私がアルギロスに行かなければならないかもしれない。

今なら、彼はニューヨークにいる。やはり、彼への怒りを忘れて話さなければ。

そしてその上で別れよう。だってアルギロスに戻ったら……たとえデモスがダイヤモンドに目がくらんで島を破壊するとしても……。

いいえ、そんなことはだめ。なんとかしないと。

でも、なにをするの？

私はなにもしない。アテナは自分に言い聞かせたが、その言葉の裏には必死さがあった。

なにもしないのよ。私はアルギロスを捨てた。あの最初の一年間、ホームシックや孤立感、不安、ニッキーの出産をどうにか一人で乗り越えた。我が子には自分しかいないと思い、必死で生計を立てた。死ぬ気でがんばれば、人は強くなると信じて。

二度と誰も必要とはしない。ニコスのことはもう愛していないし、アルギロスはもう故郷ではないのだから。考えれば考えるほど深く傷ついた。

睡眠が必要だけど、今夜は眠れそうにない。今、記事を送れば、明日は暇になる。土曜日はニッキーも学校が休みだ。一緒に公園へ行こう。とにかくここから逃げ、少し時間をかせぐために。

ニコスのジャケットは脱ぐべきだけれど、もう少しこのまま着ていて、わずかでも安らぎたかった。

オスカーとニコラスとは誰だ？　夫？　息子？　息子たち？　知らなければ、気が狂いそうだ。

アテナをさがすために人を雇い、勤務先の雑誌社と大雑把《おおざっぱ》な職歴を知ったが、私生活は謎《なぞ》だ。

なぜ彼女が結婚していると考えなかったのだろう？　指輪はしていなかったが、それに意味はない。指輪をしない人もいる。それに、結婚していなくても、長期間のパートナーがいないとは限らない。

なぜ彼女は僕に怒りで応《こた》えたのだろう？　久しぶりに会った友人として、僕の腕に飛び込んできたりしないまでも。僕はほかの女性と結婚したのだから。

マリカ……。彼は前妻のことを考え、今も残る怒りと闘った。だが、前に進まなければならない。

実際、今夜アテナに会うまでは、そうしてきたつもりだった。彼女は記憶どおりの少女だが、今は大人の女性だ。目尻には笑いじわがあった。よく笑うのか？　オスカーとニコラスが笑わせるのか？

彼女に対する気持ちは忘れていた。あるいは、締め出していたのかもしれない。今夜、レストランのテーブルごしに彼女を見ていたとき……僕は声や感情を抑えるのに必死だった。

彼女は今もアテナだ。僕が狂おしいほど愛しながら、そのあと僕より仕事を選んだ少女。十年間、僕が心の片隅に抱きつづけてきた女性。

もちろん、ほかにも女性はいた。ダイヤモンド諸島最大の漁船団の持ち主として、僕は理想の独身男性と考えられている。だから交際相手には困らないが、誰と付き合ってもアテナと比較してしまう。

結婚した女性さえ。

とくに結婚した女性は。

彼はかつて感じた怒りに襲われた。欲求に……。ただ、これはかつての欲求ではない。今夜はかつてないほどなまなましくリアルに感じられる。

彼はホテルの隣室へのドアを開けた。ホテルの子守り係が立ちあがった。

「いい子にしていましたよ。ご指示どおり、本を読んであげました。自分で着替えられましたし……」

「ありがとう」彼は言った。その先は聞きたくない。

「では、おやすみなさい」そう言って女性は去った。

ニコスはつかのまクリスタを見つめた。眠っていても、親指をしゃぶっている。やめさせなければ――だが、かまうものか。

彼はベッドへ行って、眠っている娘の横に座った。黒髪を撫《な》でると、少女は目を開けて、眠そうにほほえんだ。「パパ」

「おやすみ」彼はやさしく言った。

「う……うん」少女はまた目を閉じてすぐに眠った。

どうしていつまでも怒っていられるんだ？　アテナは去ったが、心の中には今、代わりに娘がいる。

　何年もそう考えようとしたが、だめだった。アテナは異国で孤独に生活していると想像し、そうであることを願ってきた。彼女は僕のもとから去った。もうどうでもいいではないかと。

だが、だめだった。昔も今も。

アテナか……娘か。

アテナとオスカーとニコラス。

　彼女には家族もいるわけだ。それならいいさ。ニコスは理性的になろうとした。僕にはクリスタがいる。それで満足だ。今感じているのは過去からのこだまだ。今後は島のために個人的なことは忘れよう。

　明日はふたたびアテナをさがさなければ。彼女は務めと向き合わなければならないのだ。

　午前中はクリスタを観光に連れていこう。馬車でセントラルパークをまわってもいい。そして午後に、ふたたびアテナに会いに行こう。

　そしてジャケットを返してもらおう。

　昨夜レストランから逃げるとき、アテナが肩にはおっていたジャケット。あのとき、あとを追えばよかったのかもしれない。

だが……逃げる彼女の目には恐怖があった。

　理由はわからない。それも突きとめるつもりだが、今は……なぜか彼女が自分のジャケットを着て帰ったのがうれしかった。

　彼女は男物のジャケットをオスカーとニコラスにどう説明するのだろう？　思わずニコスはほほえんだ。二人が彼女に寛容だといいのだが。

　しかし……このオスカーとニコラスを同伴することになっても、アテナは島に帰らなければならない。その存在で、問題がさらに面倒になるとしても。

　ともかく、明日は明日だ。そう自分に言い聞かせて、ニコスは別の男と一緒にいるアテナの不快なイメージを締め出そうとした。それに対する自分の気持ちも。今さら嫉妬《しっと》なんてばかげている。ニコスは娘の額にキスしてささやいた。「おやすみ。明日は楽しもう。そしてプリンセス・アテナに帰国するよう説得しよう。僕たちと彼女の故国に」

朝には太陽が照り、ニコスと娘はセントラルパークを二周してからさらに一周した。馬の美しさ、馬車の派手な装飾……。陽光を顔に浴びたクリスタは心から楽しんでいる。少女は興奮で息をはずませてニコスにしがみつき、うれしそうに笑う。

三周目のなかばほどまで来たとき、ニコスの目にアテナの姿が入ってきた。そして犬と子供が。

運命はなんと残酷なことだろう？　どうして今朝、彼女は観光地に来ることにしたのだろう？

彼らはボール投げ器を使っていた。ここでは犬はリードにつなぐべきだが、彼女は場所をよくわきまえていた。オスカーの息が切れるまでボールを投げ、ニッキーは犬以上に走っていた。オスカーはあまり賢くはなく、ニッキーが半分はとってきていた。最後に彼らはアイスクリームを買い、今はオスカーが食べおわるのを待って、帰ろうとしていた。

一頭の馬車が彼らのほうへ向かってきた。すてきな馬、とアテナは思った。そしてすてきな日。これで昨夜の不幸も埋め合わせられる。こんな日に心配事をするなんてばかげている。

アテナは犬のピンク色の鼻を見てくすりと笑った。

馬車が近づき、御者が鞭《むち》を上げて挨拶《あいさつ》した。

アテナはにっこりして手を振った。

そしてそのとき、馬車の乗客が見えた。

ニコスと……子供？

周囲の音が消え、すべてが薄れていく。まるで遠くからの声のようにニコスが命令するのが聞こえ、馬車がとまった。ニコスは降りて御者に代金を払い、少女を抱えおろした。

少女は小柄で浅黒く、おめかししていた。リボンのついたピンクのワンピースに、ピンクのレースで縁を飾った白いソックス、ピンクの靴。肩までの黒髪は前髪を下ろし、ピンクのヘアバンドをしている。ずっと絶えない笑み。

ダウン症。

ニコスが下ろすと、少女は笑い、ニコスも笑った。アテナは心臓がどきどきした。ダウン症……。叔母の手紙がよみがえった。

〝ニコスとマリカの娘……〟

「こんにちは」アテナはどうにか言った。

「やあ」ニコスが返した。少し用心深い声だ。馬車は進み、ニコスと娘は道路の端に残された。

ニコスはアテナでなくニッキーを見ていた。ニッキーは父親と瓜《うり》二つ、ニコスの子供時代にそっくりだ。父と……息子。

今さら後悔しても遅いけれど、話すなら今だ。

「クリスタだ」ついにニコスが言った。その声は遠くから聞こえてくるようだった。「クリスタ、パパの友達のアテナだよ」

「犬」クリスタは笑顔のままギリシア語で言った。オスカーを指さす。「アイス……アイスクリーム」

アイスクリームスタンドは真うしろだ。

「あの……アイスクリームを食べる、クリスタ？」

アテナは尋ねてから、もし乳製品アレルギーだったらどうしようと考えた。もし……。

「うん」クリスタははっきり答えると、父親を見て、別の言葉をさがした。「お願い」

少女はふたたびほほえんだ。かわいい子。アテナは思わず涙をこらえた。ニコスは娘の手を誇らしげに握っている。やさしく。愛情深く。

「アイスクリーム、パパ？」クリスタが尋ね、ニコスはうなずいたが、目はニッキーを見つめたままだ。

「紹介してくれないか」彼は言った。

「ニッキーよ」アテナはそう言ってから、ニコスに誤解されたくないので――たとえその誤解が正しくても――あわてて言い添えた。「ニコラス」

「だろうね」彼はあいまいに言った。「犬は？」

「オスカー」アテナは顔をそむけた。「クリスタにアイスクリームを買ってくるわ。あなたもどう？」

「いや、僕はいいよ」

アイスクリームを買うには時間がかかった。前には列ができている。クリスタにどのアイスクリームがいいかきけばよかったと思ったが、なぜかアテナはきかなくてもわかった。苺《いちご》だ。

はたしてクリスタは「ピンク」と大喜びで言い、ニッキーと犬が座るベンチを見た。「座る」

ニッキーはにっこりして少し横にずれ、オスカーとの間にクリスタの座る場所ができた。

アテナは今にも泣いてしまいそうだった。

いいえ、泣くものですか。

ニコスもアテナも無言だった。言葉で埋めるには大きすぎて、あるいは小さすぎて、沈黙が消せない。

ニコスはようやく言葉を見つけた。とりあえず口にする言葉を。「よろしく、ニコラス。オスカーは君の犬かい？　それともママのかな？」

「僕のだよ」

「何歳なんだい？」

「わからない。ある日家に帰ったら、通りにいたんだ。汚れて、おなかをすかせて。保護してくれるところに連れていったんだけど、飼い主が名乗り出なかったから、うちで引き取ったんだ」

「そうか。オスカーはあんなふうになんでも食べるのかい？」オスカーはごちそうの時間をできるだけ延ばそうと、まだなめている。そのレインボーアイスのせいで、鼻の色は今は緑に変わっている。

「喜びをじっくり味わっているのよね」アテナが言うと、ニコスはついに彼女を見た。

その目の表情は永遠に忘れないだろう、とアテナは思った。不信、畏怖《いふ》、怒り、そして苦しみ。

「この子は……そうなんだな？」ニコスは尋ね、それに対する答えは一つしかなかった。

「そうよ」

ニコスは目を閉じた。さあ、どうする？

「ひどい仕打ちだ」その声は突然きびしくなった。「もうたくさんだ。君が去ったとき、こんな……」

「知らなかったのよ」それは苦悩の叫びだったが、言い訳にならないこともアテナは知っていた。

「君は去り、そして今……」ニコスは間を置いて深呼吸した。「あとにしよう」アテナは彼が自分に話しかけているのか、独り言を言っているのか、わからなかった。「今は理解できない。島に戻って、それから解決しよう。まずは継承の問題だ。君が帰国しなければ、島は荒廃する。そんな勝手なことができるのか？」

「勝手？　私が？」アテナは思わず言い返すと、十年近く心に引っかかっていた疑問を口にした。「クリスタは何歳なの？」

「九歳だ」

「誕生日はいつ？」

「六月だ」

「やはりね」ぴしゃりと言った瞬間、昔ながらの悲しみがよみがえった。「ニッキーは九歳で、九月生まれよ。それはどういうこと、ニコス？」

「どういうことでもないさ」彼はぶっきらぼうに言った。「とにかく君は僕に話すべきだったんだ」

「あなたがきくべきだったかもしれないわね。私が去ったとき……なにも言わなかったでしょう」

「君は僕に追うなと言った」

「本当にそうするとは思わなかったのよ」アテナは

叫び、みんなが彼女を見た。オスカーさえ。クリスタのアイスクリームはなめていない側が溶けはじめ、ニコスは服が汚れる前にあわてて娘の顎をふいた。

ささいなしぐさだが、なぜかその光景がアテナの怒りを切り裂き、彼女はふたたび泣きたくなった。

「もう帰らないと」アテナがささやくと、ニッキーは驚いて母親を見た。

「歩いて一周するんじゃなかったの？」

「ママは疲れたのよ」

「僕は平気だよ」ニッキーは明らかに驚いている。

「こうしようじゃないか」ニコスが言った。「いいかい、ニッキー。僕は君のママが生まれた島から来た。ママは僕に大声をあげたが、それはたぶん……二人ともショックを受けたからなんだ。ママと僕は子供のころからの知り合いだが、ニューヨークで会ったのは初めてだから」

「うん……」ニッキーはよくわからないようすだ。

「クリスタがママとここに残るのはどうだろう？クリスタは心臓に問題があって、すぐ疲れる。だが、犬がいて、アイスクリームがあれば幸せだ。だから君のママとクリスタはここで休み、その間、君が僕を案内して公園を一周してくれないか？」

ニッキーは疑わしげに母親を見た。アテナは呆然《ぼうぜん》として返事ができない。

「テナ」ニコスがせかすように言い、アテナは落ち着こうとした。彼はどういうつもり？　いいわ、ここからは神様におまかせ。私にはどうしようもない。

「オスカーを連れていってもいい？」ニッキーが尋ねた。

「いいよ」ニコスは言った。

「本当に子供のころ、ママを知っていたの？」

「ママがプリンセス・アテナだったころさ」ニコスは言った。「ママはもう一度プリンセス・アテナになる必要があるんだ。僕と来たら、その理由を話そう。オスカーも一緒に来るのかい？」

ニッキーは母親の承認を待って顔を見る。

だからなんなの？　もう私の手には負えない。もう知らないわ。

「いいわ」アテナは弱々しく言った。「ごゆっくり。クリスタと私は動物園を見るわ」

アテナはベンチに座って、クリスタがアイスクリームを食べおわるのを見守りながら、泣きたい気持ちにのみ込まれそうだった。

男ってなんなの？　二人の子供の誕生日を突きつけたのに、ニコスはどうして平然としているの？

彼は島を去った私を勝手だと言った。ニューヨークにやりがいのある仕事があるから島を去りたいと言ったら、彼はショックを受けた顔で私を見て……そのまま私を去らせた。

でも、彼が本当の理由を知っていたら……。私が残れば、彼の家族が破滅し、ニコスの愛するすべてを亡き国王がおびやかしたことを。どうして彼はそれを推測できなかったのだろう？

彼は一度も尋ねなかったし、手紙さえよこさなかった。そして私がクリスタの誕生を知ったとき、彼がそうしなかった理由がわかったのだ。

アテナの指は痛いほどてのひらに食い込んだ。

「パパ」ニコスがいないことにふいに気づいたように、クリスタが言った。心配そうな顔をしている。

今の事態はクリスタのせいではない。自分の不幸ととまどいをこの少女にぶつける権利はない。「すぐに戻るわ」アテナはやさしく言った。

「パパ」

「近くに小さな動物園があるの。動物は好き？」

少女は考えた。「大きいの？」

「小さくて、おかしな動物たち。お友達よ」

「お友達」クリスタはアテナに手を差し出した。服を整え、べとついた手をアテナの手に差し入れると、アイスクリームをもう一度なめた。「お友達」

疑問は山とある……さて、どこからきけばいい？　あまりしつこくきくと、ニッキーは母親のもとへ帰ってしまうだろう。

「どこの学校へ通っているんだい？」いい質問だ。

「あそこ」少年は南東を指さした。

よし。場所はわかった。「学校は好きかい？」

「好きなときもあるよ。放課後、ギリシア語のレッスンにも行かなきゃならないんだ」

「ギリシア語を話すのかい？」

「ママが話すから、僕も話せるようにって」

これをのみ込むのには時間が必要だ。

二人は石を蹴《け》りながら歩いた。そのときニコスはふいに気づいた……ニッキーは左足で蹴っている。

「左利きなのかい？」

「うん」ニッキーは言った。

「ママは右利きだ」

「うん」

おもしろい。僕と同じく左利きか。これにはなんの意味もない。いや、大いに意味はある。

「ママからアルギロスの話を聞いたことは？」

「あるよ。おじさんは漁師なの？」

「そうだよ」

「僕、船は好きだよ」

「乗ったことはあるのかい？」

「二回。僕は船酔いしないんだ。ママはするけど。ここでビートルズのメンバーが撃たれたんだよ」

「ああ」ニコスは言った。お手上げだ。お互い質問が多すぎて手に負えない。この少年も、僕のほうも。

二人はさっきの場所に座っていた。ただ、クリスタはアイスクリームの代わりにりすの指人形を持っていて、ニコスたちが近づくと、顔を輝かせた。

「テナが買ってくれた……りす」ニコスはにっこりして娘を抱きあげた。ここでほかになにが起ころうと、娘を動揺させてはならない。それは十年前からの信念で、今も変えるつもりはなかった。

「ありがとう」彼は真顔でアテナに言った。

「一周はしなかったんだよ」ニッキーが言った。「別の馬車に乗ったんだ。ジョンはニコスの大好きなビートルズのメンバーなんだって。ママもそうだよね?」

「ええ」アテナは沈んだ声で言った。

「《イマジン》だよね」ニッキーが言うと、彼女はたじろいだ。

二人が最後にともにした夜のことだった。〝行かないと〞アテナはそう言いながら泣いて抱きついた。

ニコスはアテナが去る理由を理解しなかった。通信教育で大学の学位を普通より早く取得した彼女は文章にすぐれていた。地元の新聞社に就職し、すべての小説を上まわる作品が書けるだろうとみんなが言った。ニコスのギオルゴスとの闘いで味方になれると。それが二人の計画だった。しかし突然、彼女はくずおれ、去らなければならないと泣いていた。

〝とにかく行かなければならないの。お願い、ニコス、これ以上状況をむずかしくしないで〞

ニコスは彼女が去るのは、書きものをしたいせいだと考えた。〝戻ってくるのか?〞

〝わからないわ。わからないの、ニコス……〞

アテナは言葉につまった。ニコスは怒り、ショックを受け、とまどった。

ニコスの家の船の倉庫での夜……二人の最後の夜。彼は小さなステレオでジョン・レノンの曲をかけていた。《イマジン》……。

ニコスは今思った。アテナはあの夜、ニッキーを身ごもったに違いない。

いいさ。今、雑音は取り除かねばならない。大事なのは一つだ。「君は帰国しなければならない」

「いやよ」

「ではデモスが勝つ」ニコスは必死で感情の混乱を抑え、大事なことに集中しようとした。「僕は明日帰国しなければならない。一週間もあれば君を説得できると思ったが、デモスはすでに鉱山会社に連絡をとっている。まるで島を我が物としているかのように。これ以上僕はとどまれない。しかしそれは君の生得権であり、君の息子の生得権でもある」

「そしてあなたの……」

「そして僕の娘の権利でもある」ニコスが代わりに続けた。もしかしたら、まだ彼の用意ができていない場所へ彼女が行くかもしれないから。「僕たちの子供たちの、ね。君は帰らなければならないんだ」

「いやよ」

「考えろ」ニコスはきびしく言った。「ここではあまりに多くのことが起きて、僕には理解できない。過去になにがあったにせよ……」彼はニッキーを見て、足場の不確かな甲板にいるような気がした。「今はそれをわきに置こう。君が帰国しないなら、近いうちに僕が戻ってきて……自分の問題を解決する。だが、今は島の人間であることが先決だ。何千人もの生活が。テナ、プリンセス・アテナ、彼らは君の国民なんだ。君は僕にでなく彼らに応えるんだ。ただ一つ……」彼はためらってから言うべき言葉を口にした。公園を回っている間ずっと頭にあった言葉を。「ただ一つ、僕の息子の問題以外のことに」

アテナは息をのんだ。「それは不公平だわ」

「人生は不公平さ。それを乗り越えるんだ、アテナ。そして帰国しろ、プリンセス」

そばで聞いていたニッキーは、理解できないなりに理解しようとした。「さっき〝僕の息子〟って言ったよね。それは娘の間違い？」

ニコスはうなずいた。「そうだな。今は少し混乱していてね。僕はただ、ママに生まれ故郷の島に帰ってきてほしいんだ」

「ママのこと、プリンセスって呼んだでしょ」

「君のママはプリンセスだ」

「ママは僕のママだよ」

「ママはどちらにもなれるんだ。君も努力すれば好きなものになれるって、ママも言うよ」ニコスはアテナに向き直り、きれいだ、と思った。普段着のスウェットシャツにジーンズ、赤いリボンで乱れた巻き毛を結んで……十年、いや、その前からずっと好きだった少女が、そのまま大人になっている。

それを考えてはだめだ。

「ママはなんでも好きなことができるんだ」ニコスはニッキーに言ったが、視線はずっとアテナに向けられていた。「ママはそろそろそうするときだ。僕と同じくアルギロスの島を守りたいはずだからね」

3

そして二週間後……。とても正気とは思えないが、アテナは二度と戻ることはないと誓った場所へ向かっていた。アルギロス。ダイヤモンド諸島の銀の島。

ギオルゴスに息子がいれば、こんなことはなかっただろう。島民たちは何世代にもわたって島がかつての三つの公国に戻ることを願っていたが、ギオルゴスの死で、それがかなったのだ。

「でも、なぜそれが私のときに？」アテネとアルギロスを結ぶフェリーの甲板に立ち、故国の島がしだいに大きくなるのを眺めながら、アテナは思った。

横にはニッキーがいる。ニッキーは大はしゃぎだ。本来は学校にいるべきなのに。こんなふうに始終教育のじゃまをされていたら、ちゃんと自分の行きたい大学に行けるのだろうか？

ニコスの訪問後、彼と交わした電話でもアテナはその点を心配したが、いつも同じ話に戻った。

もし彼女が王女の役割から逃げ腰になったら、デモスがダイヤモンド鉱山を全部開いてしまう、と。

一方ニコスは、混乱を避け、島の環境への影響を最小限にとどめるため、一つだけ鉱山を開くという異なった提案もした。そうすれば、利益を島のインフラ整備に回せて、島全体の繁栄につながると。

このすべてをニコスは電話で話した。島の話だけをし、ニッキーとクリスタの誕生のいきさつや、二人の将来におよぼす影響については触れず、公園で怒りを爆発させた以外は自分を抑えていた。

アテナも同様で、文明人らしく怒りを抑え、自分に誇りを持とうとした。

それなのに、彼女は自分を小さく感じた。ニコスの礼儀正しさの奥に潜在的な怒りを感じ、待ち受ける将来に不安を覚えた。

「いつまでいるの？」ふいにニッキーが不安そうに言った。「ずっと？」

「ママは一カ月休暇をとったの。今月末にはニコスがここの運営を引き継げるはずよ」

「運営？」

「政府……かしら。私がうまく事を運べれば、私が去ったとき、ニコスが統治者になるのよ」

「今はママが統治者なの？」

「正式にはね。これまではママのいとこが代理を務めてきたけど」

「いとこのデモスはいやな人だよね？」

「わからないわ」アテナは言った。「欲張りだってニコスは言うけど。それは直接確かめましょう」

「うん」ニッキーは子供らしい無限の信頼をこめて、母親の手に自分の手を差し入れた。

私にも信頼できる人が必要だわ、とアテナは思った。これからいったいどうなるのだろう？

「こっそり入国して、するべきことをして帰るのよ」彼女は言った。「ママが子供のころ泳いだり遊んだりした場所を教えてあげるわ。デモスが鉱山を開くのを阻止する方法が見つかったら、家に帰れるわ。地元の人にはなるべく接触せずに」

「ニコスやクリスタとも会わないの？」その声には驚きと同時に悲しみの響きがある。

「そんなことないわ」アテナが言うと、少年の顔はふたたび輝いた。

「よかった。二人とも好きだから。クリスタはオスカーが好きなんだよ」

「オスカー」アテナは横にいる犬をちらりと見た。ばかな話。こんなところまで犬を連れてくるなんて。

でも、それが必要だった。自分にはできる限り家族が必要で、ニッキーとオスカーがそれなのだ。

こっそり入国し、するべきことをして帰る。彼女はふたたび自分に言い聞かせた。ニコスに必要な権限を与えて帰るのよ。

でも、ニッキー……ニコスの息子の問題は？

かまわないわ、とアテナは思った。そう、ニコスは怒っているけれど、ニッキーより三カ月早く生まれたクリスタの問題もある。もし彼と私が……。

そんなこと、考えるのも耐えられない。

「入国して、すべきことをして帰るのよ」彼女はふたたび息子に言った。「大丈夫。心配ないわ」

そしてフェリーが岬を過ぎて港へ入ると、アテナは島が大騒ぎになっていることを知った。

彼女は来る。今までは島を見捨てたと思っていたが、アテネでフェリーに乗ったことが確認された。途中で飛びおりない限り、ここへ来るはずだ。

そこでニコスはそれを告知した。デモスはずっと皇太子気取りだ。もしアテナが王位に興味がないかのようにこっそり到着したら、みんなが誤解するだろう。島民はデモスの計画におびえている。彼らにはアテナが必要なのだ。

そして……彼らは彼女をよく知っている。

孤独で臆病《おくびょう》な母親の一人娘であるアテナは、国王が島の子供と交わるのを嫌ったため、家で教育を受け、孤立してもしかたなかった。しかしおてんばで活発だった彼女は、八歳のとき、ニコスは自分の親友で、彼のすることはすべてクールだと宣言した。

二人は子供時代、冒険を求めて島を歩きまわった。面倒に遭遇し、母親たちをはらはらさせることもあった。ニコスも島民も彼女が大好きだった。二人はともに島の未来を変えるかもしれない子供だった。

そして今、そのときが来た。ニコスはフェリーが桟橋に着くのを眺め、次の数分間のアテナの反応が、自分を含め、全島民の未来を左右すると知った。

「ママ、どうして人がいっぱいいるの？」

「ああ」アテナは口ごもった。

「ああ、って？」

「ニコスが声明を出したのよ」

「どんな声明？」

「王女の私が帰国するっていう」

「じゃあ、吹き流しや風船やあの大きな看板……」

「〝王女様おかえりなさい〟って書いてある？　私たちのためのものね」

「僕たち、どうするの？」

「さあ。彼らが待ち疲れて家に帰るまで、船にいましょう」

「それはまずいんじゃない？」ニッキーは言った。

いいえ、名案よ、とアテナは思った。しかし下にはニコスがいる。島を愛する彼は、私が降りなければ、自分が船に乗り込んで私を抱えおろすだろう。

ニコスは見守った。島民たちは熱狂している。アテナの帰国に対する喜びは、デモスの手で破滅させられることへの恐怖を、またアテナなら自分たちを裏切らないという信頼を示している。

僕はそれを信じるのか？

彼女が十九歳のときまでは信じていた。僕とアテナは、ギオルゴスが跡継ぎなしに死んだらどうするかを考えた。

今、ニコスはその計画を思い出して、にやりとした。映画館やサーフィンスクールを造り、ロックグループも呼ぼう。だがまじめなときには、もっと真剣に考えもした。ダイヤモンド鉱山はゆっくり開発し、すべての子供がまともな教育を受けられる資金を作り、民主主義を打ちたてようと。

これらのことは、アテナがニコスの家の漁船に乗って籠《かご》を引きあげるのを手伝ったり、二人で島を歩きまわったりしながら、何度も話し合った。

彼女への恋心を初めて意識したのはいつだっただろう？　気づくと、笑いが情熱になり、政治への熱意が別の種類の熱意に変わっていた。

母親を亡くした夜……彼女は十七歳だった。僕は彼女を胸に抱き、自分の胸も張り裂けそうだった。

そしてその後……突然終わりが来た。彼女はニューヨークでジャーナリストの見習いをするチャンスをつかんだようだった。

僕の辞書に別れという言葉はなく、彼女の辞書にもあるとは思わなかった。

そして今、彼女は帰ってきた。とまどった顔でフェリーの手すりにもたれ、僕は桟橋に立っている。

彼女はニッキーの手を握っていた。母と息子。そして犬。そんな光景を見ると……くそっ、どんな気持ちでもいいさ。

「さあ、ニコス」母親のアニアが横でクリスタを抱いていた。「島民を代表して話しに行きなさい。それがあなたの立場でしょう」

「それは僕の立場じゃない」

「いいえ」アニアはきびしく言った。「ほかにいないわ」

実際、いつもそうだったじゃないか。

国王の妹であるニコスの母親は、常に国王に立ち向かった。島民の権利のために闘い、ニコスが大きくなると、それを引き継いだ。

彼は大漁船団を築いたが、島民たちは彼が島のために尽くしていることを知り、今はリーダーとして期待していた。ニコスとしては居心地のよくない立場だが、しかたがない。ほかに進んで引き受ける者も、能力のある者もいないのだから。

そして今……もしアテナが統治するには僕がそばにいて導くことが必要なら、そうしよう。僕はこの島を愛するように育てられ、島が破壊されるのを見るつもりはないのだから。

そこで今……ニコスは怒りや喪失感、とまどいの入りまじった感情をわきにやり、自分の務めを知る者の決然とした足取りでタラップを進んだ。そしてアテナのところまで行くと、彼女を抱擁した。たがいにそれを望んでいようと、いまいと。

「おかえり」彼はアテナを抱いてぐるぐるまわした。

「おかえり、プリンセス・アテナ」彼は群衆に聞こえる声で言った。「みんな、歓迎してるだろう?」

島民たちがそれに応《こた》えて歓声をあげて同意する。

「これが我らの王族だ」誰かが叫んだ。「プリンセス・アテナとプリンス・ニコス」

「アテナと結婚すれば、ニコスは王子にすぎない」別の者が叫び、熱狂的な歓声があがった。

「おい、デモスがもう王子だぞ。アテナはデモスと結婚するべきなんじゃないか」歓声がやむと誰かが叫び、群衆は笑った。あざけりの笑い声だ。

そしてニコスが群衆の後方に目をやると、デモスが見えた。この距離からでも、怒りと悔しさで体がこわばっているのがわかる。アテナの真の敵だ。デモスの今の気分では、危害もおよぼしかねない。

僕がそばにいれば、そうはさせないが。しかたない。島を守るためには、この女性を守らなければ。ぜったいにそばを離れるものか。

アテナの微笑はこわばって見える。おびえているのだろう。

「大丈夫」ニコスはささやいた。

「ぜんぜん大丈夫じゃないわ」アテナはささやき返した。「私はしかたないからこうしているの。もし私が好んであなたに抱かれていると思うなら……」

群衆の歓声は大きくなり、アテナとニッキーは手を振った。そしてニコスもしかたなく手を振った。三人並んで。

「今夜宮殿で歓迎パーティがある」ニコスは告げた。

「なにがあるですって？」

彼らは宮殿に向かうリムジンに乗っていた。ニコスは同行したくなかったが、誰かが宮殿のスタッフに彼女を紹介しなければならなかった。

クリスタを連れてきたので多少雰囲気は明るくなったし、個人的なことに立ち入らずにすむ。オスカーは疲れた顔で床に寝そべっていた。犬がリムジンに乗っているのを見たら、ギオルゴスは発作を起こしただろう。そう思って、ニコスは微笑をこらえた。

リムジン、宮殿。これらの虚飾はギオルゴスがいつでも威厳をもっていられるように維持されていた。今はすべて廃止してもいいが、ニコスはアテナを出迎えに来た群衆のことを考えた。群衆は彼女を歓呼して迎えた。彼女は島に独自性を取り戻させている。それに彼女は気づいているのだろうか？

「パーティだ」ニコスは繰り返した。「島民とさらに数人で、三百人ほど来る」

「そんなにたくさん？」

「君は声明を出さなければならない」

「いやよ」

「いや、出すんだ」ニコスはきっぱり言った。「そのために、ここへ来たんだから」

「でも、私は滞在しないわ」アテナは必死で言った。

「ニコス、だめよ。パーティ、歓呼する人々。そんなの私じゃないわ」

「君は生まれながらにそういう人なんだ」

「私は生まれたときから、ただの人よ」

「ばかばかしい」

「どうしてそんな怒った声を出すの？」

「べつに……」

「あなたが怒るようなにを私がしたっていうの、ニコス？」急にアテナ自身も腹が立ってきた。

「言ってもいいが、ここではだめだ」彼はちらりとニッキーに目をやった。

「なぜ？」

「ふさわしく……ないからだ」

「私がそうすると決めたら？」

車は岬をめぐる海岸道路を進み、やがてアルギロス王宮に着いた。だが、アテナは景色を見てはいなかった。ニコスに集中していた。

「僕は……」

「考えるのはよしましょう」アテナはぴしゃりと言って、しばらく目を閉じた。それから目を開くと、息子の手を握った。

ニッキーは窓の外と母親を交互に見ていた。賢い子供だな、とニコスは思った。母親の怒りの底にあるものを感じ取っている。なにか自分の理解できない不快なことが起こっていると。

「ニッキー、ちょっと聞いて」アテナは言った。

ニッキーは耳をすました。アテナはちらりとニコスを見てから目をそらし、深呼吸した。

「ニッキー、船から島の人たちを見たとき」彼女は最初言いよどんでから声を落ち着かせた。「あなたに話さなければならないことがあると気づいたの。たぶんもっと前に話すべきだったことだけど。以前、お父さんは誰ってきいたでしょう？　私は若いころに出会った人だと答えたわ。彼は私の親友だったけど、ほかの人と結婚したって。その人がニコスなの。ニコスがあなたのパパなのよ」

私ったら……今なにを言ったの？

ニコスも明らかに驚いたようだ。

「ニコスが……ニコスが……」ニッキーは口ごもってから不思議なものを見るような目でニコスを見た。

「彼の髪が見える？」急にアテナは疲れた声になった。「あなたと同じ色よ。巻き毛も同じ。ニコスの頭のてっぺんの毛が少し立っているのもね」

ニッキーは頭頂部の癖毛に手を触れてから、目をまるくした。

ニコスもそうせずにいるのが精いっぱいだった。

「パパは漁師だと言ったでしょう」アテナは続けた。「ニコスは漁師なの。そうよね、ニコス？」

彼女は僕に息子を与えた。こんなふうに。否応《いやおう》なしに。ああ、いったいどうなるんだ？

この告白を九年前にしてくれればよかったのに。

ニコスは呆然《ぼうぜん》として、怒りと闘いながら思ったが、今は怒りで事態をだいなしにするわけにはいかない。〝いや、この話はあとでしよう。DNA鑑定やカウンセリングも必要かもしれない〟などと言うことは。

ニッキーはショックを受けた目でニコスを見ていた。このあと起こることは彼の一生を左右するだろう。カウンセラーにそれを言わせるまでもなく。

僕自身でなんとかできる。

だったら、どうする？　息子という贈り物をもらったら、人はなんと言えばいい？

「君のママ、そして君のために、僕はそばにいるべきだった。それができなくてすまなかった」

「なぜいなかったの？」ニッキーはきいた。

その答えは一つ。真実を告げるしかない。

「知らなかったんだ」ニコスは重々しく言った。

「ママは昔、島を出たとき、君を身ごもっていたが、僕に教えなかった。二人とも若かったから、そのほうがいいと思ったのかもしれない。僕が遠くに住んでいるから、一人で育てるほうが楽だと思ったんだろう。僕は、知っていればよかったと思うが、もう昔の話だ。今大事なのは、君が僕の息子だってことだ。ママがようやく話してくれたのを誇りに思うよ。ようやく君を知るチャンスができたのを」

ちらりと見ると、アテナは涙ぐんでいた。今は顔をそむけて外を見ているが、その前にわかった。

「君に魚釣りを教えたいな」なにか言わなければと思い、ニコスはニッキーに言った。この大事な時をだいなしにするわけにはいかない。「船に乗せてあげるよ」

「本当に漁船を持っているの？」

「ああ」

「僕、船酔いはしないよ」ニッキーは言った。

「僕もだ」ニコスはなにかで胸がいっぱいになるのを感じた。僕の息子。その思いが胸にあふれてくる。

ニッキーとクリスタ。息子と娘。僕の家族。

「君にはおばあちゃんもいるんだよ」

「おばあちゃん」ニッキーは明らかに圧倒されている。

「名前はアニア。ママと同じように王女なんだ」

「おばあちゃんが王女なの？」

「ママほどきれいな王女じゃないけどね」ニコスは告げた。「そしてママと同じくティアラをしていない。だが君が……おばあちゃんを好きになってくれるといいな。僕より魚釣りも上手なんだ」

「おばあちゃんは船酔いするの？」

「うちの家族は誰もしない」そう言って、ニコスはアテナがたじろぐのに気づいた。

　ニッキーは黙り込んだ。誰も話さなかった。アテナはひたすら窓の外を眺めている。

「なぜ僕に話さなかったの、ママ？」ニッキーが尋ねた。一瞬、アテナは答えないのかとニコスは思った。だって、どうして答えられるだろう？

「私はとても若かったのよ」ようやく言ったその声は遠くから響いてくるようだった。「アメリカで一人きりだったの。そしてニコス……あなたのパパと……彼の奥さんにここで赤ちゃんが生まれることも知っていた。その赤ちゃんがクリスタよ。だから、彼はここにいてクリスタの世話をする必要があったし、私は一人であなたの世話ができると思ったの」

　そしてその言葉の裏には、むきだしの、未解決のままの痛みがある。暗澹《あんたん》とした、厳しい苦悩が。その苦悩をどうやって取り去ればいい？

　それは無理だとニコスにはわかっていた。十年分の苦悩を軽減できるのは僕が話せない真実だけだ。

　それに、その苦悩をもたらしたのは彼ではない。去ったのはアテナなのだ。

「なぜここに戻らなかったの？」ニッキーはなんとか事情を理解しようと、母親に尋ねた。

「私には仕事があるのよ、ニッキー」アテナは言った。「あなたを養うために働く必要があったの」

「でも……」ニッキーは間を置いてからアテナとニコスを見比べた。母親と父親。理解できない歴史。

　これは重すぎる、とニコスは思った。つらすぎる。たぶん、将来もっとふさわしい機会に話すほうがよかったのだろうが、もう遅い。せめてこの混乱の中に喜びを見つけないと。

　僕には息子がいる。心の痛みと後悔はあるが、僕には息子がいる。そして息子のあのとまどいの表情、それに、そう、僕が感じているのと同じ、裏切られたことへの痛みも取り除いてやらねばならない。

「あの湾の岩が見えるかい?」ニコスは言った。「上が平らで、岸から二百メートルほどのところにある大きな岩だ」

「うん」ニッキーは答えたが、まだぼんやりしている。

「僕がママにあの岩から飛びおりることを教えたんだ。ママは始終おなかを打ってばかりいたが」

「そんなことないわ」アテナが言い返した。

「いや、そうだよ」ニコスは緊張しながらもにやりとした。「ママに連れていってもらって、飛び込みの技術を見せてもらうといい」彼はニッキーに言った。「毎回おなかを打つから」

「クリスタ、あなたは泳げるの?」アテナはまだ必死な声で尋ねた。うまくいった、とニコスは思った。これで父親の話題をそらし、ニッキーに自分の中で折り合いをつける時間を与えられる。

まだ話し合うことはたくさんあるし、その中にはアテナとニッキーの個人的な話もある。また僕とアテナで話し合うことも。

「好き……泳ぎ」クリスタが言った。靴を脱いで、足をオスカーにのせている。「犬……好き」

「オスカーもあなたを好きだと思うわ」アテナは言った。

「じゃあ、クリスタは僕の妹ってこと?」ニッキーが尋ねて、ニコスの思惑はふたたび吹き飛んだ。この問題は大きすぎる。

「そうね」アテナがやさしく言った。「半分血のつながった妹。クリスタにはダウン症という病気があって、生まれつき大部分の子供と少し違うものを持っているの。染色体というのが一つ余分にあるのよ。そのせいで耳の先が少し小さく、舌が少し大きいの。ほかにも話すことなどに少し影響が出るのよ」

「でも、クリスタはオスカーを好きだよ」

「そうね」アテナはクリスタにほほえんだ。「クリスタはもう私たちの友達だわ。それがあなたの妹になるなんて、すてきじゃない」

会話の先導役はこれまでだ、とニコスは思った。今は彼ら三人にして、自分は蚊帳の外だ。

いつか父親というものに関するきびしいコメントを読んだことがあった。母親は子供にあった出来事や恋愛などすべて知っているが、父親は家に小さい人間がいることをぼんやり知っているだけだと。

僕は違う、と彼は思った。クリスタには手間ひまかけてきた。しかし、ここでは出番がないようだ。

「女のきょうだいが欲しかったんだ」ニッキーは言っていた。「妹が。でもクリスタは九歳だよね」

「私、九歳」クリスタが言ってうなずいた。

「だけど、クリスタはあなたよりずっと背が小さいわ」アテナが言った。「これからもそうでしょう。だから、ずっとあなたの妹よ」

「じゃあ、僕がクリスタの面倒を見るの？」

「そうしたいなら」

「ものを分け合わなければいけないの？」

「あなたとクリスタでそれはなんとかできるわ」アテナは言い、クリスタはニッキーを見てほほえんだ。

「ニッキー」少女は言った。

「お兄ちゃんだよ」ニッキーはえらそうに言って胸をたたいた。

「お兄ちゃん」クリスタは繰り返して胸をたたいた。

二人はくすくす笑った。

こんなものか、とニコスはあっけにとられて思った。これで終わった。たしかに面倒なことも困難もあるだろうが、今は……解決したのだ。

「それで」アテナが不吉なことを告げるような声で言った。

「それで？」

「例のパーティはどうなるの？」

なにを考えているんだ？　彼女が息子をくれたときに社交行事の話？　ニコスは気が抜けたようで、どう答えていいかわからなかった。

ニッキーとクリスタはまだにこにこしながら見つめ合っている。ニッキーにとって妹ができるのは大きなことのようだ。父親ができることよりも？

僕は九年間息子がいることを知らなかった。アテナを見ると、彼女も同じようにぼんやりしている。

「私だって話したかったのよ」アテナはささやいた。

「ただ、どうすればいいかわからなくて」

「たとえば……電話は？」思わずニコスの声に怒りがにじむと、怒りが返ってきた。

「そう思う？　あなたと奥さんに電話すべきだったと——そして結果はあとで考えるべきだったと？」

ニコスの頭は怒りの反論でいっぱいだったが、子供たちの前で口にするわけにはいかない。いや、そうでなくても、言うべきではないだろう。

「パーティは」アテナが再び言って話を前に進めた。

「今夜七時だ。サフェイロスの皇太子夫妻がアルギロスの王女の帰国を祝福する。正式に統治権を委譲するんだ」

「そのあとは？」わきおこるパニックをニコスは認めた。「ニコス、私一人では無理だわ。私には無理。この国を治める？　経験もないし、そんな役割を果たす資格もないわ。四週間の休暇しかとっていないのよ。それで終わり」

「それなら、王位をデモスに譲ることになる」

「それは不公平だわ」

「人生はそういうものさ」ニコスはそっけなく言った。その証拠が目の前にある。僕は九年間も息子がいながら、知らないできたのだ。

アテナは無言でニコスを見つめ、彼は窓の外を見つめた。そう、不公平さ、と考えまいとして。子供のころは、二人並んでこうすることを計画した。今だってできる。もし彼女が……。もし僕が……。

それを考えなければ。弁護士たちからも考えるように言われている。

だが、どう考えればいい？

「あなたも今夜来て」アテナは切迫した声で言った。

するとニコスの心の声は、いや、無視しろ、彼女は息子のことを話さなかったのだから、と突き放した。

しかし、アテナには恐怖がうかがえる。そしてなにかほかのものも。

僕がかつて愛したアテナ。それがまだそこにいる。そしてこの島は愛する故国だ。だから、なにがあっても彼女を支えなければならない。そして彼女にとどまるよう説得しなければならない。

それだけでいい。一度に一歩ずつ、だ。

「行くよ」ニコスは告げた。

「私と一緒に」アテナはせっぱつまって言う。「名前を覚えていないの。みんなは私を覚えているけど、私は覚えていないのよ。間違ったことを言ってしまうわ。ニコス、だから助けて」

「助けるさ」その言い方がいけなかった。狭量で、憤怒《ふんぬ》に満ちていて、それをアテナは感じ取った。そして恐怖がふたたび怒りに変わった。

「よして」

「なにを？」

「私にあたらないで。あなたのために私は帰国したのよ。あなたは私に責任があるのよ、ニコス」

「君が帰国したのは島のためだ」

「私が帰国したのは、あなたとともにこの島を愛そうと決めたからよ。私にとどまってほしいなら、あなたは常に私を支えなければいけないわ」

「今夜は君を支えるよ」ニコスは言った。

今夜より先は、恐ろしくて考えたくもなかった。

4

城はタイムワープした世界のようだった。

リムジンが城の前庭でとまり、アテナは降りた。一八〇〇年代のアルギロスだ。それだけで感情的な混乱から覚め、ニコスのことを考えるのもやめられそうだった。

宮殿は石造りで、かつては漆喰《しっくい》を塗られていたが、大部分は色あせて元の灰色になっている。中央が二階建てで、両側に長い一階建ての翼。庭は草花が伸び放題で、巨大な藤《ふじ》の蔓《つる》が建物を覆っている。オリーブの木やブーゲンビリア、野生のデイジー、アイリスもある。なかば宮殿が庭に埋もれている感じだ。

そして城の裏には海。子供のころ、宮殿には泳ぎに最適な島一番のビーチがあると聞いたが、誰も知らなかった。アテナも一度も敷地には足を踏み入れたことがない。城は巨大な石壁で守られ、夜は番犬がうろついているという噂《うわさ》だった。

ギオルゴスはめったに来なかったが、ここは自分のものだと考え、断固として守っていたからだ。

「それで、今はここは誰のお城なの？」呆然《ぼうぜん》として前庭に立ち、地中海の太陽のぬくもりを感じながら、アテナはささやいた。

「君主さ」ニコスは簡潔に言った。「つまり君の城だ。君が放棄しなければ。放棄すればデモスの城になる。ギオルゴスの死後、君に電話して王位を譲ると言われて以来、彼はここに滞在していた。君が帰国すると僕から言われ、しかたなく退去したんだ」

アテナはあえいだ。「そんなこと、考えも……デモスは私を憎むでしょうね」

「僕のことも憎んでいるよ」ニコスは安心させるよ

うにアテナの腕に軽く触れた。「だが、僕たちがやましく感じることはない。彼はうまく国王に取り入り、国王は彼に個人的な財産を残した。それでもデモスは満足できないんだ」

　ここでは理解することがたくさんある。アテナは必死で理解しようとした。

　その間に、城のスタッフがまるで史劇の一場面のように整列して待っていた。女性は陰気な黒の制服。男性も黒で、糊《のり》のきいた高い襟だけが真っ白だ。この地中海の楽園で……なんと奇妙な制服だろう。

「君のスタッフに会ってくれ」ニコスに言われ、アテナはリムジンに逃げ込もうかと思った。恐ろしい。

「冗談でしょう。こんな人たちを雇うなんて」

「そうかもしれない」ニコスは冷静に言った。「ギオルゴスは常に城にじゅうぶんなスタッフを置いていた。デモスは彼らを解雇し、ここを近代化するつもりだったが、今決めるのは君だ」

「ここで働いて楽しいはずがないわ」アテナはふたたび制服と禁欲的な顔と直立不動の姿勢を見た。

「みんなまるで……」

「見かけはどうでもいい」ニコスは言った。「苦しい漁業以外、ほとんど雇用はないんだ」

　アテナは振り向いた。ニコスはこの国をよく知っている。私は知らない。統治するのは彼であるべきだわ。でも彼は情報を与えるだけで、私の行動を待っている。

　私が失敗するのを？　きっと彼は私が適任かどうか判断しようとしているんだわ。

　怒りがわきあがった。やってみせる。ニコスの前で失敗などするものですか。

　スタッフは身じろぎもせずに二列に並んでいる。まるで蝋《ろう》人形館のようだ。「私にこの人たちの給料を払う余裕があるの？」アテナは尋ねた。

「王室の金庫は君が好きにできる。金庫にはあふれるほど金があるよ」ニコスは冷静に言った。

「まさか。破産したと思ったわ」

「ギオルゴスはすべてに税をかけ、年に一度アルギロスの口座を空にして、金をサフェイロスに移した。その金を今、アレクサンドロスがこの国に返しているんだ。君は道路の補修などインフラ整備を始める必要があるが、それによって雇用を創出し、ここを住みやすい場所にできる」

「でも、私はファッション編集者よ」アテナはそう言って思わず叫んだ。「そんなこと無理よ！」

「みんなが待っている」ニコスがうながした。彼はクリスタの手を握り、離れて立っている。「オスカーを降ろしてリードを持って」彼はニッキーに言った。「ママは城のスタッフに会う必要がある。もし君がここに住むのなら、君も会う必要がある」

「僕がここに住むの？」ニッキーは驚いて周囲を見まわした。「クールだね！」

「そうさ」ニコスは重々しく言った。「ママがそう思うかどうかはわからないが」

「私はそう思わないわ」アテナは必死で冷静を保ち、崩れかけた城の前面や荒れた庭園を眺めた。二十人のスタッフが整列して彼女を見守っている。「私に選択肢はあるの？」

「いや」

「じゃあ、いいわ」アテナは言った。深みに落とされたら泳ぐしかない。「必要なら王女にだって」

ニコスはほほえんで彼女を見た。「もちろんさ」

「じゃあ」アテナは深呼吸し、肩をいからせて前に踏み出した。背後からニコスに観察されている感覚は無視する。私を判断しているの？「ごきげんよう」彼女は精いっぱい主人らしい声を出した。「私のことはご存じね。みなさんのことも覚えているべきだけど、島を出て十年近くになるのでごめんなさい。失敗もするかもしれないけれど、許してね。でも、三つのことはわかっている。それをまずお話しするわ。第一に、無能と不正直以外の理由では誰一人職を失うことはないわ。第二に、お給料は私が再検討するまで今のまま。検討しても、下がることはないわ。そして最後に……私はみなさんの制服が嫌いなの。誰か変更の提案をしてくださらない？」

すばらしい。常々想像していたとおりだ。

彼女は二十分ほどいただけで、スタッフをすでに意のままにしている。仕事で世界の富豪や華やかな人々と行動をともにしてきたが、その仕事が一流だったことを示したのだ。誇らしい限りだ。

こんなことを言ったら傲慢《ごうまん》だろうか？

彼女に指示する必要はない、とニコスは思った。

僕はただうしろに控えて見守り、驚いていればいい。

すでに制服のデザイン変更の提案を受け付け、アテナはもう彼らをファーストネームで呼びたいと言っていた。スタッフはもうなかば彼女に夢中だ。

当然だ。

「では」最後にアテナはうしろのニコスを見た。

「パーティは七時ね？」

「ああ」

「私の国民たちは詳細を知っているの？」

私の国民たち。こうして彼女は君主の責任を引き受けた。僕をまたしてもわき役にしたのだ。

「ああ。スタッフはパーティの準備をしているよ」

「では、そのときに会える？」

「ああ」

アテナはうなずいた。ニコスを見つめる目に表情はない。

「来てもらえたらうれしいわ」

これで、僕は王族から退出を命じられたわけだ。

ニコスはアテナと目を合わせてからゆっくりうなずき、ほほえんだ。

「そのときまで、殿下」ニコスは静かに言うと、そっとふざけるような敬礼をした。「オスカーを新しい家に案内するよ」

ニコスが去るのを見守り、呼び返さずにいるには勇気がいった。だが、これは私の役割だ。王女として島に戻った以上、責任を負わなければならない。

子供のころの夢は――この責任をニコスと負うことは――夢にすぎない。彼はほかの人と結婚した。前に進んだのだ。私もそうしなければ。

メイドのミセス・ラヴロスは何度もあやまりながら宮殿を案内した。「修理費がないんです。ようやくあなたが来られて、みんな感謝していますわ。私たちには好きにできなくて」しかしアテナもニッキーもオスカーも、城の古くささは気にならなかった。

「わあ、クールだね」ニッキーが言い、アテナは案内された寝室の巨大なシャンデリアを見てうなずいた。ここは国王の寝室で、横には小さな寝室がある。

「小さな部屋は従者用です」メイドが言った。「国王が来られてから何年もたちますが、常に風を通していますし、ベッドのリネンも清潔です……」

アテナはもう聞いていなかった。ずっと入るのを禁じられていた窓の外のビーチを見ていた。

ニッキーとオスカーはすでに手すりをくぐりテラスに出て、崖《がけ》の道に這《は》いおりる方法を思案している。

私は王女。王女が……這いおりられる？

「ニコスはここを見たの？」彼女はささやいた。ビーチは広々として、まばゆく、岬から岬へとカーブを描いている。海はまるでダイヤモンドのようだ。

「どうでしょう」メイドは言った。「ところで、今夜のお召し物はなにになさいますか？」

今夜。王族のパーティ。大勢の客？　崖を這いおりるという考えは頭から消えた。

「なにか……シンプルなものかしら？」

メイドは驚いた顔をした。「みんなあなたに会いたがっているんです。私たちの王女ですから。プリンス・アレクサンドロスとプリンセス・リリーもサフェイロスからお見えになりますが、お二人は我が国の王族ではありません。プリンス・アレクサンドロスは勲章をつけられるんですよ。フォーマルな丈の長いドレスはお持ちでないんですか？」

アテナは二個のスーツケースを見た。四週間分の必要品を詰めて軽装で来たので、フォーマルと言えるのは黒のドレスだけだ。

ニコスは言ってくれればよかったのに。パーティのことを。ふたたび怒りがこみあげてきた。

でも……。

プリンス・アレクサンドロスとプリンセス・リリーも出席する。盛大なパーティで……ニコスも来る。

私が島を出る前に別の女性と子供をつくったニコス。マリカと結婚したニコス。私が心から愛していると思っていたニコス。でも結局教えられたのは、誰も信頼するなということだ。

彼はここで私を深みに投げ込んだ。でも、私は沈まないわ。

彼は私に注意しなかった。つまり、私が……普通であることを期待したのだ。

アテナは腕時計を見た。まだ正午だから、七時間ある。できるかしら？

ニコスが来る。私はお姫様《プリンセス》になるのよ。だてに一流雑誌のファッション編集者をやっているわけではないわ。

「ミセス・ラヴロス、ここで携帯電話が使えないのなら、固定電話が必要だわ。それとインターネット。至急、プリンセスになるための助けが必要なの」

アテナは七時半まで下りていかなかった。

彼女はニッキーが文章を読むのを聞いていた。二年ほど前にニッキーと、読み手と聞き手の役割を交代したのだ。アテナの本の選択がつまらないと言われて。それ以来、このひとときは神経をなだめ、二人のことだけに集中できる、一日のかけがえのない時間となっていた。

そして今夜はいつにもまして静かな時間が必要だ。不安におののいているから。なぜなら、階段を下りた瞬間、王女になるのだから。

ニッキーはT型フォードの説明書を読んでいた。今、階下で起きていることよりはるかにおもしろい。

でも、ここにずっといるわけにはいかない。ついにメイドが現れた。「ニコス様がいらっしゃいました。二分で下りてこなければ、ここへ来て抱えおろすと言っています。たぶん、本気だと思います」

「行ったほうがいいよ、ママ」ニッキーが言った。「ニコスは力持ちだから」彼は恥ずかしそうにメイドにほほえんだ。「彼は僕のパパなんだよ」

「彼が坊っちゃまの……はあ」メイドは口をあんぐり開けている。

「ママから今日聞いたんだ」ニッキーは相手の反応に満足そうだ。「クリスタは妹なんだよ」

「はあ」メイドはふたたび言った。「お顔を見たとき、驚かなかったとは言いませんけど……はあ」彼女は心配そうにアテナを見た。「デモスは気に入らないでしょうね。気をつけないと。でも、その前に今夜を切り抜けないと。お美しいですよ。本当に誇らしい。でも、息子さんのお父様に無理やり階段を運ばれたくないのなら、もうおいでになったほうがいいですよ」

ニコスはどうにかなりそうだった。アテナはなにをしている？　どうして待たせるんだ？　ドレスぐらい持っているべきなのに。みんなが到着するまで考えもしなかったが、女性はすべてイブニングドレスを着ている。友人のプリンセス・アレクサンドロスと妻のプリンセス・リリーも実に威厳がある。

だが、今夜の主役はアテナだ。だめだ、注意すべきだった。この華やかさの中で、彼女は本物のシンデレラになってしまう。もし僕がわざとみすぼらしく見えるよう画策したと彼女に思われたら……。怒りどころではすまないだろう。

だが、もう心配している時間はない。メイドが階段からこちらを見て、目で問いかけている。

ニコスは群衆をかき分けて階段を二段のぼり、人々から姿が見えるようにした。階上のどこかにアテナはいる。ドレスが野暮ったくなければいいのだが。

もうしかたがない。彼女は踊り場に立ち、下りる合図を待っている。正式に紹介されるのを。

「みなさん」ニコスは広間全体に響く声で言った。「アルギロス王女、プリンセス・アテナです」

5

群衆が一斉にぽかんと口を開けた。

ニコスは階段を下り、振り返った。

アテナが広間の群衆全体の息を奪ったのだ。これほど美しい彼女は見たことがない。

アテナはしなやかな動きで階段を下りてきた。足元を安定させるように優美な手を手すりに添え、手には優雅で美しい長手袋をはめて。

そして衣装は……。

ドレスは真紅の絹の錦《にしき》織り。小さなキャップスリーブは肩の下まで下ろされ、襟ぐりからは美しい胸のふくらみがのぞいている。真紅の身ごろには赤と黒の刺繍《ししゅう》がほどこされ、胸からウエストまで銀糸のレースで飾られている。

腰からは同じ豪華な刺繍の布地がフレア状の段になって足まで垂れている。スカート部分の前部にはスリットがあり、黒地に真紅のまじった絹のアンダースカートがのぞいている。

豪華などという言葉では言い表せない。

アテナは大シャンデリアの下の階段をゆっくり下りた。頭上の照明を浴びたドレスがちらちら光る。首元と耳にはダイヤモンド。靴はドレスに合わせた真紅のハイヒールで、さらにダイヤモンドが飾られている。美しい黒の巻き毛は一ひねりして、身ごろを飾るのと同じ銀糸で結ばれている。

みごとな肖像。堂々たる王女。王女アテナが王座につくために帰国したのだ。

ニコスのまわりでは喜びや驚きのあえぎが起こり、それが喝采《かっさい》に変わった。

その理由はわかった。島民は過去数カ月の不安から、ようやく将来をかいま見たのだ。人々はこの壮大な意思表示を認め、彼らの王女が王位につくことに心から感謝するだろう。

テナ。

いや、王女アテナ。今や自分の手の届かない存在になってしまった女性。そう思うと突然、ニコスはここにはもう居場所がないような気がした。

「なんだ？　あの衣装はどこで手に入れたんだ？」デモスがニコスの横に立ち、怒りで顔を真っ赤にしていた。「彼女はいつからこれを計画していたんだ？　僕には王座を譲ると……」

「彼女は島の統治に興味がないと言ったんだ」ニコスはアテナから目を離さずに言った。あのドレスをどこで手に入れた？　彼女が持ってきたスーツケースにはぜったい入っていなかったはずだ。

ともかくすばらしい。島民たちは驚嘆している。

アテナは孤立して育った。彼女に友情を示す家族はギオルゴスにより追放されたからだ。彼女が活発になったのは強さと勇気の証《あかし》だ。

ギオルゴスの命令で母親は彼女を家で教育し、そのためニコスがアテナに出会ったのも八歳になってからだった。観察するため、島の崖《がけ》のいちばん高い鳥の巣をとろうとしていた彼は、下から見あげるアテナに言った。〝君もやってみろよ〟驚いたことにアテナはすぐにのぼってきて、下りる途中で膝を切った。ニコスは抗議を無視し、母親に手当てしてもらうために彼女を家に連れて帰った。

彼女は裏口の外で足をとめた。〝私、人の家に入るのは禁じられているの〟

〝どうして？〟ニコスは驚いて尋ねた。

〝国王がいけないって〟

するとニコスの母親が憤慨して外に出てきた。〝うちのキッチンに誰が入るか指図するのは国王じゃないわ。さあ、ようこそ。ニコス、中に入ってもらって。まあ、かわいそうな膝〟

国王に逆らってニコスの父親と結婚したアニアは、アテナのことでふたたび国王に逆らったのだ。

〝彼女の友達でいなさい、ニコス。ギオルゴスは好き放題できるけれど、私たちは彼など恐れないわ〟

今アテナを見ながら、ニコスはギオルゴスの心配も当然だと思った。彼女は実に堂々としている。

プリンセス・リリーがニコスの腕に手を通した。

「彼女、とてもきれいね？」

「ああ」事実は否定しようがない。

「なぜデモスはあんなこわい顔をしているの？」

「彼はアテナが王座を望まないと思っていた。自分が君主になると思っていたんだ」

「こわい人」リリーはデモスが群衆をかき分けて出ていくのを眺めた。「彼は二日前にアレックスに会いに来たのよ。私、なんだか……」彼女は身ぶるいした。「ごめんなさい。ただ……彼が非情に思えて」

「彼にできることはないよ」

「そう？　しっかり彼女の面倒を見てね」リリーが差し迫ったように言って、ニコスは顔をしかめた。

「どういう意味だ？」

「お金がからんでくると人はなんでもできるから。気をつけて、ニコス。彼女、おびえているわ」

「冗談だろう。彼女は堂々たる王女だよ」

「あなたは衣装だけ見ているのよ」その声からはニコスに対する落胆がうかがえる。

衣装以外に見るものがあるのか？

いろいろある。だが、それを思うのはつらい。

「それにあなたの息子がいるわ」リリーは言った。

「なんだって？」

「あなたの息子よ。船であの子を見た瞬間から人々が噂《うわさ》しているそうよ。年齢的にも合っているし、あなたとアテナは恋人同士だったんでしょう？」

「僕は……ああ」

「それならやはり王女の面倒を見るべきだわ。あなたの息子は今や後継者だもの。アテナへの脅威は彼にも向けられる。それを考えたことがあって？」

まさか！　その考えにニコスは動転した。

「リリー」アレクサンドロスがアテナを前に押し出した。「プリンセス・アテナ、妻のプリンセス・リリーを紹介するよ」

リリーはほほえむと、驚いたことに、膝を曲げてお辞儀をした。

「そんな必要ないのに」アテナはあえいだ。

「あるわ」リリーは言った。「あなたが王位継承者の役割を引き受けるなら、いくら敬意を示されてもたりないもの。ニコス、お辞儀かなにかしたら」

「もう大広間に行かないと」ニコスはぶっきらぼうに言った。「プリンセス・アテナは厨房《ちゅうぼう》を待たせているんだ。夕食がだいなしにならないといいが」

その言葉に、リリーはニコスをやさしくいさめるような目で見た。「プリンセス・アテナはなにを待たせてもいいのよ。あなたも含めて、ニコス。さあ、レディの手をとってご案内して」

　自分のための歓迎パーティで、アテナは最上席の中央に座っていた。左にはニコス、アレクサンドロス、リリー。三人は仲よくしゃべっていて、アテナも仲間に入りたかった。しかし右には大司教がいて、お酒をぐいぐい飲みながら話しかけてくる。しかも神学の専門用語で話し、アテナが会話をもっと一般的にして、ニコスや大司教の隣の女性を仲間に入れようとしても、大司教はますます声高になる。

　王族であることが急に退屈になってきた。

　アテナは食欲もなく、気まぐれに食事をつついたが、やがてニコスが大司教の話を無視してささやきかけた。「テナ、厨房のスタッフは今夜、この料理を用意するために汗だくで働いたんだ。王家のパーティはこの島では二十年ぶりだ。君が料理を食べなければ、みんな包丁で自殺するぞ」

　驚いてアテナが見ると、ニコスの顔は真剣だ。彼女は言い返せなかった。ニコスはすでにまたアレクサンドロスと話している。

いいわ。料理を食べるし、大司教の話も聞くわ。

いい王女になってみせる。

外見は王女に見えても、気分はほど遠いけれど。

　ニコスは黒のスーツにぱりっとした白のシャツ。アレクサンドロスは完璧《かんぺき》な礼装だ。二人とも王子らしく見えるし、実際そうなのだ。生まれながらにして、ではなくとも、それにふさわしい権利として。

　やはり君主の座にはニコスがつくべきだわ。

　ようやく大司教が一息つき、立ちあがってよろよろとトイレに向かった。するとアレクサンドロスが立って、その席にすべり込んだ。

　昔、アレクサンドロスはニコスの友達であると同時にアテナの友達でもあった。昔、人生がまだ無垢《むく》だったころ。

「すまない」彼はやさしく言った。「ニコスは君を難局に立たせている」

「こうなるのは私でなく、彼であるべきなのよ」

アレクサンドロスはほほえんで首を振った。「ニコスは裏方だよ。彼も母親もこの島のために尽くしてきた。だが大騒ぎはせず、静かにそうする」

別の女性があわててニコスの横の、空いたアレクサンドロスの席に来た。ニコスがようこそとほほえむと、女性はにっこりする。

「ニコスにはガールフレンドがいるの？」思わずアテナはアレクサンドロスに尋ねた。

「真剣な付き合いじゃないよ。短期間の交際は何回もあるが、それだけだ。彼は一生マリカを引きずるんじゃないかな」

「九年も前のことでしょう」

「悪い結婚のあとで、どれぐらいしたらいい結婚ができると思える？」アレクサンドロスは静かにきいた。「手ひどい裏切りのあとで、他人を信用できるようになるかい？」

二人はしばらく黙り込んでニコスを見つめた。女性は椅子をじりじり寄せている。

「君と彼なら……」アレクサンドロスは言った。「うまくいくとみんな思っていたんだがな」

「私もよ」アテナは思わず言っていた。「マリカは魅力的だったし、ニコスも若かった」

「私と同じ、十九歳だったわ」

「そろそろたがいを許すべきなんじゃないかな。とくに……」アレクサンドロスはためらってから率直に言った。「息子がいるのなら」

「ニコスを許す必要はないわ」アテナはアレクサンドロスを見た。「ニコスは私に息子をくれたの。後悔はないわ」

「じゃあ、彼が君を許したら……」

「彼がそうしても、私がそれを投げ返してやるわ」

大司教が戻って椅子を待っていた。アテナはそちらを向いてにっこりした。「戻られてよかった。さっきはどんなお話でしたかしら？」

ニコスはただ眺めるしかなかった。

晩餐《ばんさん》は延々と続く。アレクサンドロスはほかの来賓と話しに行き、ニコスは自分の言葉に耳を傾ける女性にうんざりしていた。早くここを去りたい。

去ることはできるが、そうすると、テナを眺めることができない。魅了されているのに。

彼は座って眺め、周囲の笑いや物音に反応した。島民たちは王女の帰国に歓喜している。

僕は彼女を連れて帰った。仕事はすんだのだから、もう去るべきだ。

コーヒーが供され、オーケストラはワルツを演奏しはじめた。すべて予定どおりだ。アレクサンドロスはアテナをダンスフロアにいざなう。礼装のアレクサンドロスはまごうことなきプリンス、アテナもまごうことなきプリンセスだ。

すぐに二人は優雅に踊りはじめた。リリーがわきに座っていなければ、ニコスは嫉妬《しっと》していただろう。

嫉妬？　僕は好んでこんな場所にいるのではない。遠くからテナを支える必要がある。それだけさ。

ワルツが終わった。一瞬、間があり、二人はもう一曲踊るのだとニコスは思ったが、アレクサンドロスはアテナになにかささやいてリリーのもとへ戻った。アテナはつかの間一人たたずんでから、ゆっくり最上席に戻ってニコスの前に立った。

「今夜、私がここにいるのはあなたのおかげよ、ニコス」彼女は部屋じゅうに聞こえる声で言った。

「プリンス・アレクサンドロスから、あなたがこの島のために尽くし、旧王室の暴挙から島民を守ってきたと聞いたわ。ありがとう。次のダンスを踊ってくださる？」

彼女はよく役割を演じている、とニコスは思った。アテナは階段を見事なドレスで下りてきて王女の威厳をまとった。彼女の言葉は王位継承者の王女、生まれながらに尊敬される権利のある女性の言葉だ。

もしこんなにとまどっていなければ、彼女を誇りに思うだろう。こんなに怒りを覚えていなければ。

心の奥にはまだ怒りがわいていた。ニッキーの件はまだ解決されていない。だが、今はそのときではない。彼女が差し伸べる手を握るほかはない。

「光栄です、殿下」ニコスは言って、アテナをダンスフロアに戻すと、腕に抱いてワルツをリードしはじめた。

二人ならできる。

学校が休みでアテナが始終家に来ていた、ある冬の雨の日、アニアは宣言した。

〝いつか神のお恵みがあったら、あなたはこの島を統治するかもしれないわ〟彼女はアテナに言った。〝そしてニコスが助ける。だから、あなたたちは王族らしいふるまいを覚えないといけないわ〟

そこでニコスの母親は二人に王室の歴史や外交儀礼を教え、ダンスも教えたのだった。

ダンスフロアに着いてアテナを腕に抱くと、歳月は消えた。母親の家の居間なら、二人は文句を言われているかもしれない……。〝なめらかに、ニコス。宝物のようにやさしく彼女を抱くのよ……〟

宝物のように抱く……。

もちろん、そうせずにはいられない。彼女はすばらしい。僕の腕にすっかり身をゆだね、踊りながら二人で好きなところへと向かう。

彼女の香り……。彼女の感触……。

永遠の愛を誓い、手をつないで島じゅうを二人で歩きまわったのが、つい昨日のことのようだ。

彼女は世界一の美女、世界一美しい王女……。

ワルツは終わったが、次の曲が始まり、彼はアテナをふたたび腕に抱いた。それがごく自然に思えた。

「あなたが王位につくべきだわ」アテナがささやいた。「ふさわしいもの」

その瞬間、魔法は破れ、するりと消え去った。

「僕はなににもふさわしくないよ、プリンセス」

「その呼び方はよして」

「だが、そうだから」

「四週間だけよ」

ニコスはあやうくステップを誤るところだった。

「君は去ることはできない。わかっているはずだ」

「自分のことは自分で決めるわ」

「前回のように。見捨てるのは……」

「私は逃げたのよ」アテナはほほえんでいた。この微笑を見たら、誰もが彼女はニコスと軽口を楽しんでいるように思うだろう。

「逃げるものなどなにもなかったはずだ」ニコスは怒って言った。

「でも、あったのよ。そして状況はもっと複雑だった。本来はもっと早く逃げるべきだったのよ」

「言っていることがわからないよ」

「それなら私たちはお似合いじゃない？」

二人は踊りつづけた。今ではフロアにはほかのカップルもいる。なにか言うことを考えないと。ニコスは思った。

「そのドレスはどこで手に入れたんだ？」ニコスはきいてみた。

「気に入った？」アテナの声は緊張した。「一万ドル以上の値打ちがあるのよ。こっちのダイヤモンドに比べたら、とるにたりないけど」

「まさか……」ニコスは困惑して顔をしかめた。

「国庫に手をつけたのか？」

　アテナの目が燃えあがった。足の動きはとまらず、微笑も浮かべたままだが、鋭い刃《やいば》のようなまなざしだ。

「そうね。どうせ根こそぎ使うのに数週間しかないんですもの」

「テナ……」

「ニコス」アテナはぴしゃりと言った。「私がそんなまねをしないことくらいわかるでしょう」

「君のことはわからないよ」

　アテナは返事をしなかった。ダンスフロアをさらに二、三周すると、音楽はやんだ。

「ありがとう」アテナは緊張して言うと、手を下ろした。ニコスは激しい喪失感を覚えたが、すぐに抑えた。ここで感情に流されてはいけない。

　しかし、二人はすでに感情に流されていた。

「どういたしまして」彼は堅苦しく言った。

　だが、アテナの話は終わっていなかった。「私はファッション編集者よ。広告としての商品配置の価値を知っているわ。だからアルギロスの新王女アテナが今夜初めて公式にお披露目されると知らせたの。ファッションメーカーのマーケティングチームは私を知っているわ。私が服をうまく扱えることを。だからさっそく午後にアテネから服と宝石を送ってきたのよ。あとで全部送り返すけど、その前に世界じゅうのマスコミに写真を撮らせるために。そうやって服を調達したの。国庫には手をつけていないし、今後もそのつもりはないわ」さらに彼女は言い添えた。「そして、私はあなたへの感情でこの仕事を失敗する恐れがある。これをきちんとするためには、感情を切り離さなければならないわ」

「僕にほうっておいてほしいのか？」

「そうよ」

「僕の息子がいるのに？」

「あなたがそう呼ぶ権利を得なければ、彼はあなたの息子じゃないわ」

「どういう意味だ？」

「わからない」アテナはため息をついてからふたたび笑みを作ると、自分と話したがっている中年の貴婦人のほうを振り返った。

暑い。息がつまりそう。

ドレスはすばらしいけれど、ウエストがきつい。ドレスだけでなく、その下の下着もひもで締めてある。上辺の見栄えのために女性はなにに耐えるの！

しかし、ドレスやダイヤモンドでの努力の甲斐《かい》はあった。いたるところにカメラがある。アテナは世界のマスコミを知っていた。高級雑誌は王族が表紙を飾るのがなにより好きだ。彼女はすばらしい演技で、自分が本物の王女だということを示したのだ。それはデモスを退ける合図、自分にはこの務めがこなせるというニコスへの証でもある。

アテナは次々に島の人々と踊っていた。みんな畏《おそ》れてかしこまっている。ドレスの威力のすごいこと。私が子供のころは、みんな国王の統治に従い、私になど目もくれなかったのに。

ニコスとその母親だけは国王に反抗したけれど。

ニコス……。彼も次々に美女と踊っている。ミスター人気者。

やはり不公平だわ、とアテナは思った。私はここに来て一日もたたないのに、ニコスがこの島にいかに尽くしたか、すでに聞かされている。彼はギオルゴスとずっと闘ってきたと。

でも……私は彼の道具。ニコスが島を救うための闘いで使う道具なのだ。そして過去は……そのどれほどが本物で、どれほどが島を理想どおりに治めたいというニコスの望みだったのだろう？

ダンスが終わり、風にあたりたいと思って、アテナは舞踏室を出た。目の前の人々は彼女がまるで……国王であるかのように、さっと道を開ける。

いつかはこれに慣れることができるのだろうか？

舞踏室の隣室は晩餐が出された大広間だった。今は片づけられて人気がないが、大きな窓はバルコニーに面し、バルコニーからは海が望める。

アテナは外に出て手すりにもたれ、海を見つめた。夜気を吸ってリラックスしようとした。

塩辛い海風のにおいがし、十年ぶりにかぐ花の香りがする。ああ、やっぱりこの島が好きだわ。

「君はいったいなにをしているつもりだ？」

振り向くとデモスがいた。太ってしまりがなく、目が怒りでぎらついている。彼は外に出てドアを閉めた。「こんなことをしてただですむと思うのか？」

「なんのこと？」

「僕のことさ」彼はすごむように言うと、歩み寄った。「ギオルゴスはいつもこの島は僕のものだと言っていた」

「ギオルゴスはもう島の統治について、なにも言えないわ。島を治めるのは……」

「神か？　ばかばかしい。君はここでは望まれていない。だいたい僕に約束したはずだ……」

「国民だと言いたかったのよ。それに私はなにも約束していないわ」

「嘘《うそ》をつくな」

「あなたが嘘をついたのよ」アテナは冷静に言った。「この島を大事にすると。今はそれが単なる欲望だとわかったわ」

デモスは息がかかるほどアテナに迫り、アテナの背中は手すりに押しつけられた。「君は出産のために島を去った。ニコスの子供だ。みんな言っている。そんな女に島の統治をさせたいと思うか？」

「私はあなたより島を大事に思っているわ」

「君は大事の意味がわかっていない」デモスは目を

閉じて、また開いた。「わかった。別の解決法がある。君はダイヤモンド鉱山の値打ちを知っているか？ それを分けよう。君も僕もここに住みたくないが、誰かが住まなければならない。君はニューヨークの生活に戻り、僕が引き継ぐ。するべきことは僕がし、利益は分けるんだ。五分と五分で。それなら文句はないだろう？」

「デモス」アテナは必死で声を落ち着けようとした。

「鉱山を開くつもりはないわ」

「開かなければならないかもしれない」

「言っている意味がわからないわ」

「方法はある」デモスは憎々しげに言った。「子供のことが心配だろう？ その身になにかあったら大変だ。ずっと見張っているわけにもいかないし。マンハッタンに戻れば、子供はまた安全なんだ」

アテナは寒気を覚え、気分が悪くなった。

「私たちを傷つけることはできないわ」

するとデモスはほほえんで、彼女になぐりかかろうとして手を上げた。だが……なぐらなかった。

物陰から黒い人影が飛び出し、デモスが振りおろす前にその手をつかんだのだ。

デモスが身をよじると、人影が光に入った。

ニコス。

「よく彼女に触れられるな？」ニコスはデモスの手を下ろした。デモスはふたたびなぐりかかろうとしたが、ニコスが前にいた。ニコスのパンチをデモスはうしろによろけ、椅子にぶつかって鈍い音をたてて床に倒れ込んだ。一瞬そのままだったので、ニコスが殺してしまったのではないかとアテナは思った。

ニコスが無言でアテナの手を握ると、床からののしりの声が聞こえた。デモスは死んではいなかった。

ニコスはアテナとデモスの間に割って入り、背後にアテナを引き寄せた。そしてデモスがよろよろと立ちあがるのを無言で見守った。

デモスは背筋を伸ばすと、ふたたびののしり、殺意のこもった目でニコスを見た。銃を持っていたら、ニコスは死んでいたかもしれない。

「彼女は君のなんなんだ？」デモスはニコスにどなった。「これは君とは関係ないはずだ」

「プリンセス・アテナは僕の息子の母親だ」ニコスの声にアテナは身ぶるいした。ゆるぎない冷徹な声。

「君は僕の息子を脅したうえ……」彼はアテナをさらに引き寄せた。「僕の女に暴力をふるおうとした。僕は自分のものは守る。そしてこの女性と息子は僕のものだ。いいか、デモス、この宮殿と王家の土地から出ていけ。ふたたびプリンセス・アテナと息子の視界に入ったら、島から追い出し、二度と帰らせないからな」

　そして彼はデモスに背を向けると、アテナを腕に抱き寄せた。

6

　アテナはその場でニコスにしがみついた。激しいふるえがとまらず、身を振りほどくよりも楽だった。それに、いったい誰が離れたいと思うだろう？

　もうデモスのしていることはわからなかった。重い息づかいと邪悪な存在は感じられるが、ニコスの胸に顔を埋《うず》めているのでよく見えない。

「立ち去れ」ニコスが静かに言うと、沈黙ののち、口汚い悪態をつぶやいてデモスは去った。

「彼は私が憎いのね」アテナはささやいた。

「彼は愛しても憎んでもいない」ニコスは言った。

「ただ欲しいんだ。富が。際限なく。テナ……」彼はアテナの両肩をつかみ、腕の長さだけ遠ざけた。

「テナ、君はデモスと富の間にいるんだよ」

「私は富など欲しくない」

「だから僕は君を連れて帰ったんだ」ニコスは穏やかに言った。「君が富を求めないから。それは君が八歳のときにわかった。そして人はそうは変わらない。デモスは初めから貪欲《どんよく》だった。彼は島を破壊するだろう。君なら彼に立ち向かえる……」

「私はそうしたくない」

「ああ。そして君はニューヨークに戻るとも言っている。仕事が大事なのはわかる。以前は島より優先したし、ふたたびそうするのも理解できる。だが、島民は今、指導者を求めているんだ、テナ」

「私は私よ。指導者じゃないわ」

ニコスは首を振った。「自分を見ろ」彼は苦笑した。「君は美しい。みごとなまでの王女だ。君こそ島民の望む人なんだよ」

「私は王族になりたくないの」

「自分の望むことや望まないことがそのとおりにならないこともある。いいか、デモスは一人じゃない。彼の背後には悪党たちがいるんだ」

「悪党たち？」

「そうだ」

「たとえば……武器を持った人。ニッキーを傷つける可能性のある人？」アテナは踵《きびす》を返してドアに向かおうとしたが、ニコスがつかんだ。「行かせて」

アテナは身をよじったが、ニコスは放さない。彼女をぐいと胸に抱き寄せた。

「どこへ行くんだ？」

「ニッキーのところよ」だが、ニコスはどこへも行かせるつもりはなかった。

「彼は安全だ。島に着いた瞬間から、君たちには警護をつけている」ニコスはすまなそうにほほえんだ。「実際には、もっと前、マンハッタンでも。君はデモスに王座を譲ると言って危険を減らしたが、それでも僕たちは彼を信用しなかったんだ」

「僕たち？」

「君の継承に生計がかかっている島民は大勢いる」ニコスは言った。「デモス一味に思いどおりにはさせないさ。もし彼が継承したら……」

「本気で彼がニッキーを傷つけると思うの？」

「そうだ」

「それなら島を出るわ。王位は彼に譲る。私はいらないわ。ニッキーに少しでも危険があるなら。だから行かせて！」

「テナ、デモスに島を破壊させたいのか？」

その声は真剣で切迫し、起こりかけたヒステリーやパニックを抑える効果があった。

これが真のニコス。私が十代をともにしたニコス。この地を心から心配し、私にもその気持ちを教えたニコスなんだわ。

ニコスに会うまで、アテナは母と同じく不自由を強いられた気分だった。〝できれば去るのに〟母は言っていた。〝ここにいないといけなくてごめんなさい。王室にあなたの生活までだいなしにされて〟

そのように育てられたアテナがやがてニコスに出会った。彼は力を合わせれば、物事を正しくできるという確信と情熱を持っていた。

その情熱にアテナは恋した。

そして島のために正義をおこなうと、その目的を果たすためならなんでもするというひたむきな決意と情熱が今も聞こえる。

「ニッキーに危険がおよぶなら、私は関心を持てないわ」アテナはささやいた。「もしこれがクリスタなら、あなただって同じ気持ちになるはずよ」

「ニッキーでも同じ気持ちだよ。彼は僕の息子でもあるんだ」ニコスは言った。

ふたたびアテナは息をのんだ。彼はまだ手を握っていて、ぬくもりや強さ、切迫感が伝わってくる。

「違うわ……だって、関心など持てないでしょ？」

「君が教えてくれていたら、十年間ずっと関心を持ってきたよ」

そして昔からの怒りがこみあげた。十年間も……。

「電話一つよこさなかったくせに、ニコス」

「君だって便り一つよこさなかっただろう、テナ」

「それは昔の話よ」

「違う。今、ここでの話だ。愛する二人の子供、愛する島、そして僕たちの未来の話だ」

「私の未来はマンハッタンよ」

「マンハッタンでは危険だ。僕が守れない。いいかい、テナ、六つのダイヤモンド鉱山がかかっているんだ。何十億の話だよ。そのお金は島のために永遠に信託されなければならない。王室に所有されてはいけない。鉱山は島全体のものなんだ。だから君は三つの理由で、ここにいなければならない。一つは、僕が君を守れるように。二つは、二人で鉱山を守れるように。そして三つ目は……」彼はためらった。「それはニッキーが僕の息子だからだ。十年間会えずにいたんだから、今彼を知る権利が僕にはある」

アテナは頭が混乱した。私的なこととそうでないことが入りまじり、おかしくなりそうだ。

ニコスは初恋の人だった。十年間忘れようとしたが、できなかった。誰とデートしても、ニコスと比較し、ものたりなかった。

最終的に、ニコスは若い娘のロマンティックな憧《あこが》れの創造物だとアテナは決めつけた。現実ではないが、捨て去ることもできないものだと。

だが今、その夢が現実となった。魅惑的な体に微笑をたたえたニコス……。そして信頼できる、ぶっきらぼうで決意に満ちた言葉。

彼を信じる理由はないわ。アテナは必死に自分に言い聞かせた。クリスタを思い出してごらんなさい。

「今、ダイヤモンド鉱山を譲り渡したら？」アテナは言った。「地域の基金かなにかに入れればいいわ」

「地域の基金などない。すべて君主のものなんだ」

「それなら作ればいいわ」

「僕にはできない、プリンセス。できるのは君だけだ」

「それなら作るわ」アテナは言った。「明日。それからプリンセスという呼び方はしないで」

「明日には無理だ。それだけの財産を評議会に託して、自分はさよならか？ 大変なことになるぞ。それを正すには何年もかかる。だから、どうだい、テナ？ 君が残って僕に身を守らせるというのは？ デモスに言ったとおり、僕は自分のものは本気で守る」驚いたことに、ニコスはほほえんでいた。あの……誘惑的な微笑。彼は声と微笑で誘惑している。

「私はあなたのものじゃないわ」

「君は僕の息子の母親だ」

まあ。なんて返事？ それで永遠に切っても切れない仲にするつもり？

「今夜、ここのマスコミを見ただろう」ニコスは言った。「この世界にもう一人、王女がいる。それから逃れられると思うか？ マスコミはマンハッタンまで追ってくるぞ。そしてデモスも」

「そんなことを言われたら、こわくなるわ」

「それでいいのさ」ニコスの微笑が消えた。「悪いが、テナ、君は事実と向き合う必要がある」

「あなたはここへ来るよう説得したとき、そんな事実は話さなかったわ」アテナは切り返した。「ニッキーに脅威があるなんて……」

「言えば、来なかっただろう」

「もちろん」

「だが、来なければならなかった。だから、僕が君とニッキーを守るんだよ」

「私がニッキーのことを話さなかったのを、まだ怒っているのね」

「当然だろう」

アテナがぐいと手を引いたので、今回はニコスも放した。「私がどんな気持ちだと思うの？　あなたが最悪の形で裏切ったのよ。あなたは私の恋人で親友だと思っていたのに……どれでもなかった！」

「去るのは君が決めたことだ」

「違うわ」

ニコスの動きがとまった。「どういう意味だ？」

でも、言うわけにはいかない。言わずにおいたほうがいいこともある。

「もう寝るわ、ニコス」アテナは疲れた声で言った。「大変な一日で、もうくたくたなの」

「僕の言ったことは考えてくれるのか？」

「考えるわ、もちろん」アテナは言った。「あなたのおかげでこわくなったし。本気でデモスが危害を加えると思うの？　たしかに貪欲で浅はかだけど、彼はいとこよ。私が残って、あなたにどんな得があるのか……」

「言っただろう。ニッキーだ」

「それだけが理由だと私が信じると思うの？」

「僕は信用できるよ、テナ」

「よして、ニコス」アテナは疲れて言った。「前はたがいに信用していたけど、それは昔。今は混乱して、まともに考えられないの。マンハッタンに帰ったときの備えは明日考えるわ。島をデモスから守るための努力も精いっぱいする。弁護士に話して、するべきことはするわ。でも、あなたを信用する？　できるはずないわ」

そして彼女は踵を返して舞踏室に戻った。

残されたニコスは不安げな目で見守った。

アテナはさらに危険に踏み込んでいく。彼女を守れる真の方法は一つしかないが、そのためには……彼女をそこまで信用していいのか……。

〝前はたがいに信用していたけど……〟

それはおたがいさまだ。

ようやく長い晩が終わった。アテナは大司教が冗長に別れを告げるのに耳を傾け、しかるべき相手におやすみを言うと、二階へ駆けのぼった。

ニッキーは無事だった。ドアを開けると、窓際のベッドに重なり合った二つの山が見えた。ニッキーの上にオスカーが寝ているのだ。本来、犬をベッドに寝かせてはいけないのだが、今は大きな犬の存在に慰めを覚えるばかりだ。

ドアのそばの椅子から人影が立ちあがり、アテナは叫びそうになった。

「あの……私です」

ミセス・ラヴロス。「なぜあなたがここに？」

「ミスター・ニコスから言われました」メイドは言った。「坊っちゃまを一人にするなと」

「彼に……どんな権利が……」

「権利ではなく思いやりです。ですが、彼はこの島をとても心配しているのです」

「あなたは……」思わず声がうわずった。「彼が王位を継承するべきだと思うのね？」

「誰もが彼を知っていて、信頼しています」メイドは断言した。「あなたは長らく不在でしたが、ニコスはずっと島にいます。困ったときはいつも彼に頼ったし、彼は常にギオルゴスに立ち向かう用意がありました。ここ数年はニコスのおかげで多少静かに過ごせましたが、今は……あなたがいて……ニコスはあなたが立派な王位継承者になると言っています。きっとそうなのでしょう。ニコスが心配しているのはデモスとその仲間です。あなたを気づかっているのです」

「心配なんて無用よ。私は大丈夫」

「そうですね」メイドは言った。「ニコスがそうしていますから。彼が廊下にも敷地にも警備員を配置していますから、あなたは安全です」

アテナは困惑して見つめた。「冗談でしょう。本気でこわくなるわ」

メイドはうなずいた。「彼がそう言っていました。あなたは多少こわがらせないと守れないと。でも、私は心配しません。彼はいい人ですから」

「彼は今夜おかしなことばかり言っているわ」

アテナの言葉にミセス・ラヴロスは眉を上げた。

「彼が？　信じられません。ただわかるのは、ニコスのすることにはすべて理由があるんです。おやすみなさい。彼は私たち全員を見守っていますから、安心してお眠りください」

アテナはしばらく座って、眠るニッキーとオスカーを眺め、一日の出来事を整理しようとした。

しかし、できなかった。感情が奇妙な万華鏡を織り成し、中心にニコスがいる。

やがてアテナは疲れて自分の寝室に――国王の寝室に――入ると、ドレスを脱ぎはじめた。

困ったわ。

着るときには、侍女が手伝ってくれた。ドレスはウエストを絞るために、下にコルセットのようなものがついている。中に鯨の骨らしき細いものが差し込まれ、背中で結ばれているのだ。このドレスは人に脱ぎ着を手伝ってもらうようにできている。しかし、ここには私しかいない。

アテナは必死でもがいた。布地は裂けもしない。必要なとき、はさみはどこにあるのだろう？　いったい王宮のどこではさみをさがせばいいの？

暖炉のそばに引きひもがある。それを引けばいいが、どれほど大きな音がするのだろう？　もしかして宮殿じゅうの人を起こしてしまうかもしれない。

アテナはさらにもがいて悪態をついた。編みひもがどこにあるか見ようとして、体をひねって首の骨が折れそうだ。でも見えても、どうせ手が届かない。

そうだ、ニッキーを起こせばいい。でも一度寝ると死んだように眠るから、冷たいシャワーでも浴びせない限り目を覚まさないだろう。

ああ、もう少し手が長ければ届くのに……。

そのとき、ドアをノックする音がした。

夜中の二時だ。アテナは凍りついた。「誰？」

「ニコスだ」ぶっきらぼうで切迫した声だった。アテナはほっとしていいのかどうかわからなかった。

「大丈夫か？」

「もちろん。どうして大丈夫じゃないの？」

「庭の警備員から連絡があったんだ。君が困っているようだと」

「べつに困っていないわ」

「彼らは君がもがいていると言ったが」

なんですって……？

アテナは窓を見てひるんだ。寝室の大きな張り出し窓にはレースのカーテンがかかっているが、その上の真紅のベルベットのカーテンは大きな金色のタッセルで両わきにとめられている。

ああ、なんてこと。

彼女はニッキーの部屋に目をやって窓を見た。ちゃんとベルベットのカーテンが閉められている。

今までカーテンが二重になっていることさえ気づかなかった。でも今は……アテナは鏡台の前に立って、鏡に映ったドレスの背面を見ようとしていた。

部屋の中央にはシャンデリアが輝いている。だから背後をシャンデリアに照らされながら、レースのカーテンごしに窓のそばでドレスと格闘していたわけだ。外からはまる見えだっただろう……。

アテナは真っ赤になって、マンハッタンの名もないアパートメントを恋しく思った。

「大丈夫よ」彼女はどうにか言った。

「テナ、どうかしたのか？　誰かいるのか？」

「出られないのよ」

「出られない？」ニコラスは用心深くきいた。

「そうよ。このドレスが……」

「ドレスから出られないのか？」

「ペチコートから。もう！　しかたないからあなたを部屋に入れるけど、もし笑ったりしたら……」

「笑……わないよ」そう言いつつも、すでに声は笑っている。まあ、彼なら笑うわね。「先にカーテンを引くんだ。警備員には大したことはないと知らせるが、僕が入ったら……彼らに……」

「わかってるわ」アテナはペチコートと廊下にいる男性に怒りをぶつけるように荒々しくカーテンを閉め、ドアを開けた。

　ニコスはもう正装ではなかった。ジーンズに着古しのジャケット姿で、髪はぼさぼさだ。

「彼らが起こしたのね」

「君を心配したんだよ」

「私が服を脱げないから、あなたに連絡したの？」

「彼らにはたぶん……」

「どう見えたかは考えたくないわ。笑わないで」

「笑わないよ」しかし顔はにやにやしている。

「あなたは宮殿で寝ているの？」

「しばらくは」

「クリスタはどこに？」

「母のところだよ」

　アテナはぼんやりとニコスを見つめた。見つめ返す彼の顔からは笑いが消えている。

「私を本当に心配しているのね」

「もちろんさ、プリンセス」

「その呼び方はよして」私ったらヒステリーを起こしかけている。もう少しで……。

「そんなに悪い呼び方じゃないだろう」

「そう？」

「ああ」ニコスはアテナの肩をつかむと、底知れない黒い瞳で見つめた。「テナ……」

「よして」

「なにを？」

「わからないわ」アテナは困惑してつぶやき、うしろに下がった。「お願い、背中のひもをほどいて。破いてもいいけど、これを貸してくれた店が発作を起こすから。それに、破こうとしてもだめだったの。あなたはどうして剣を持っていないの？」

「剣？」

「切り裂いてほしいの」

「君は剣でペチコートを切り裂いてほしいのか？　どうかな。それはちょっと……騎士みたいだが」

「笑っているわね」

「笑ってないよ」

「とにかく脱がせて。お願い。ひもをほどいて」

「剣のほうが楽しいけどな。見つけるまで待ってくれるかい？」

「いいえ！　早くほどいて」

「わかったよ、プリンセス」そう言って、ニコスはまたほほえんだ。「困った乙女にはあらがえない。剣はなくとも君を助けるよ。さあ、ここへ来て」

「い……いやよ」

「なんだって？」

だが、今はほかの興奮がわきあがってきた。夜遅く、彼は実にセクシーだ。無口で、力強く、乱れた髪に、着なれた服。とてもゴージャスだ！

「気……気が変わったの」アテナは口ごもった。「メイドを呼んでくれる？」

「僕にそのひもがほどけないと思うのか？」

「あなたを信用できるかわからないのよ」

「ひどいな」

アテナは唇を噛《か》んだ。でも、そうだわ。彼のことは自分のことのように知っていると思っていたけれど、その信用を九歳の娘が打ち砕いたのだから。

でも、たかが背中のひもよ。そのくらい信用してもいいかもしれない。

「わかったわ」アテナがしぶしぶ言うと、ニコスはにっこりした。女心をとろけさせる危険な笑顔。

「よし。でも、ここで脱がせるなら……ぜったいに周囲にわからないようにしないと」

彼はシャンデリアのスイッチを消し、残る明かりは暖炉の光だけになった。物はほとんど見えず、ニコスもほとんど見えない。

でも、アテナは彼のようすがわかった。彼は昔からの友達で、恋人でもあった人だ。短期間だが甘美だったその恋愛は、友情から自然に発展した。

あのころのことはなに一つ忘れていない。

そして今、この暗い寝室にニコスがいる。なんらかの意図を持って私のほうへ向かってくる。

出ていくよう命じるべきだわ。でも、これはまるで運命、自分の一部のようだ。

アテナは後退せず、薄明かりで彼を見た。どんな運命かはわかっているし、彼の意図が自分の意図と一致することもわかっている。

アテナはただ待った。ただ求めた。

ニコスは彼女を腕に抱いてキスをした。

アテナは一瞬、凍りついたが、唇と体が触れ合うと、今起こっていることを、そしてそれを自分が彼に劣らず求めていることを自覚した。

彼を押しのけなければ。分別があるなら……。

だが、分別はすでに彼女の中にはなかった。

なぜなら、彼女はふいに十年前のアテナに戻っていたからだ。ニコスの腕の中のアテナ。八歳のころ築かれたテナとニコスの関係は半分が壊れたが、今はふたたび一つになっている。こんなのはばかげている、危険なことだと告げる心の声は消えていた。

ばかげてなどいない。これはニコス。体と唇が重なり、手はきつく私を抱き締める……。

アテナはまるでニコスにとけ込んでいくようだった。自分の一部が本来の居場所に戻っていくようだ。

とても正気とは思えないけれど、かまわない。ニコスの体と触れ合う胸は燃えあがり、たぎる欲求で全身に炎が広がる。

ニコス。

彼の舌で口の中をさぐられ、気が遠くなりそうだ。でも、かまわない。彼の手が力強く抱擁し、私を支えてくれているから。

君は僕のものだと、彼の口も手も言っている。

ニコス。ニコス。ニコス。

私は彼に屈し、彼を求めている。ニコス……。

そのとき、残酷にも外からじゃまが入り、彼のベルトの無線機が鳴った。「大丈夫ですか、ボス？」

ニコスは小声で悪態をついて体を離した。「くそっ、ばかなことを……。君には心を乱される」

「私のせい？」アテナが憤然と言うと、彼はにやりとした。この闇《やみ》には熱い電流が飛び交っている。

「大丈夫だ、ザック。単なる衣服の不具合だった」

ニコスが無線機に言うと、つかの間の沈黙があった。

「修理の助けが必要ですか、ボス？」

「こちらで……手はたりると思う」ニコスの顔には純粋な欲求が浮かんでいる。彼は無線機を戻してアテナの手を握った。

「これで私の評判が落ちずにすむわね」

ニコスは笑みを浮かべた。「いい評判が欲しいのか。手に入れたばかりなのに」

だが、中断で状況は変わった。初めはどうしようもなく惹《ひ》かれ合いながら、今は常識が戻ってきた。

「ひもをほどいてほしいんだな？」ニコスは尋ねた。

「そうよ」アテナはささやいた。「そのあと……出ていって」

「僕を去らせたいのか？」

「ニコス……」

「わかった」その口調からは急に感情が消えた。「ここは少し正気を保たないと」

「私……私はマンハッタンに戻るわ」

「だめだ」彼はきっぱり言った。

まただわ。でも、もう疲れて、頭が働かない。

アテナが無言でいると、ニコスはしばらく彼女を見てからうなずいた。「わかった、プリンセス。今日は疲れただろう。だが、君は道理を理解すべきだ。それまでは……たがいに体の接触は持たないほうがよさそうだ。僕は気が変になってしまう。だからひとまず休み、みんなのために賢明な行動を考えよう。君の務めのために、僕たちの個人的な関係は壊れた。まさか今度は島まで壊す気ではないだろう？」

「私は壊したりは――」

「おやすみ、プリンセス」ニコスは彼女が言いおわる前にやさしく言った。まるで今起こったことに扉を閉ざすように。「すべてを考えてくれ……頼む」

7

二つの体がベッドにのってきて、アテナは目が覚めた。別室から現れたニッキーとオスカーが体の上に飛びのってきて、オスカーが吠《ほ》え、ニッキーが歓声をあげる。

「朝食だよ」ニッキーが言った。「ベッドでの朝食。パンケーキだよ、ママ」

ドアをそっとノックする音がした。

「起きてるよ」ニッキーが叫ぶと、トレイを持った若いメイドが入ってきた。

メイドはウエストから喉元までボタンのあるシャツドレスにサファイア色のスモック、ウエストで結んだフレアスカートといういでたちだ。昨日見た陰気な制服とは目をみはるばかりの違いだ。

　少女はほほえんでいた。「すみません。ニコスから十時に朝食をお持ちしてお起こしするように言われましたので」

「ニコスが……」アテナはますます困惑した。「ニコスが宮殿のスタッフに命ずるの？」

「はい」少女は答えた。「ほとんどほかに命ずる者がいなかったので」

「ニコスは漁師よ」アテナは慎重に言った。

「ニコスは六隻の漁船を持ち、大勢の従業員がいます。国王が漁師に操業が困難なほどの重税をかけたとき、ニコスは魚を本土に運びはじめ、ギオルゴスが手を出せない基金を準備しました。それを国王がとめるには彼を逮捕して船を没収するしかありませんでしたが、彼には伯父に立ち向かう勇気があったのです」少女はほほえんだ。「島民は彼を愛しています。彼ならすばらしい王位継承者になります」少女はそこで自分の言ったことに気づき、恐怖に目を見開いた。「私、そんなつもりは……あなたはきっとすばらしい王女になります。ただ、島民はみんなニコスを知っていて、信用しているのです」

　謝罪したにもかかわらず、その言葉にはまだ無念さが聞き取れる。そしてアテナも同感だった。

　やはりニコスが王位継承者になるべきなのだわ。かつての計画どおり、私と結婚していたら、そうなったのに。統治者との結婚は自動的に配偶者にも同等の地位をもたらすのだから。

　それなら……。ある考えがふいに思い浮かんだ。もしそうなら、どうなるの……？

　いいえ。そんなことをするだけの信頼感はない。あるの？

　結婚……。そんな考えを進めるのさえ恐ろしい。

　今のことに集中するのよ。アテナは急にめまいを覚えて、自分に言い聞かせた。次に起こることに。

これ以上はだめ。そうでないと頭が破裂してしまう。ベッドは大きく、誰かがおこした暖炉の火がぱちぱち音をたてている。メイドがカーテンを開き、ニッキーはすでにパンケーキを食べている。テラスには朝の陽光がきらめき、その向こうは一面の海だ。

とても贅沢《ぜいたく》で華やかな気分だが、アテナは自分にはここにいる権利がない気がした。

「その制服、すてきね」現実にはたと目を向けて、彼女は言った。「気に入った？」

少女はうれしそうにスカートを整えた。「マリアが夜なべして縫ったんです。これが第一号。あなたのお気に召せば、もっと作ると言っています」

「とても気に入ったわ」アテナは熱心に言った。いいわ。ニコス以外のことを考えよう。とにかく彼以外のことを。制服とか。

「あなたはサファイア色が似合うけど、ほかの色がいい人もいるでしょうね。色の選択はそれぞれにまかせたらどう？」

「まあ、虹《にじ》みたいですね」少女は頬を紅潮させた。

「ここにはずっと虹がなかったみたいね。ニコスが変更を提案していなかったのが不思議だわ」

「彼には王の命令を変更する権利はないのです」少女は言った。「またあなたの命令も。彼は立場をわきまえていますし、決して変更などしません」

またニコス。混乱した頭の中心には常にニコスがいるようだ。しかたない。あきらめるしかないわ。

「そして彼の立場は漁船団のオーナーなの？」

「は……はい」少女は質問の意味がわからなくて困惑顔だ。「彼は漁船を六隻持っていますが、使っているのは、若いころ自分で造ったアテナ号です」

「彼はアテナ号という漁船を持っているの？」アテナは驚いて尋ねた。

「はい」少女はほほえんだ。「王女様の名前を船の名にするなんてすてきですよね」

「そうね」アテナは慎重に言った。「ええと……彼は今、船に乗っているの？」

「夜明け前に宮殿を出たと思います」

では、彼は漁に出ているのだ。私が王女を演じている間に。王女は一日なにをするの？

私も漁に出てもいい。海老《えび》とりの籠《かご》を引きあげるのは下手ではないもの。

「いとこのデモスと話すべきね」アテナはあいまいに言った。

「プリンス・デモスは朝のフェリーでアテネにいらしたと思います」少女は言って頬を赤らめた。「その……警備員の話がちょっと耳に入ってしまって」

一日が目の前に広がっていく。デモスもニコスもいない。たぶん、読むべき書類はあるだろうけれど。

アテナは窓の外を見た。砂浜が……とてもきれい。

「ねえ、泳がない、ニッキー？」

オスカーと一緒にパンケーキを食べていたニッキーは手をとめた。ママが魔法の言葉を言った。

「泳ぐって……海で？」

「そうよ」

「やったあ」少年は叫び、アテナはほほえんだ。人生もそう悪くない。

脅威は悪夢のようだが、夜の闇《やみ》にこそふさわしいもので、今は違う。ニコスは漁に出たのだから、しばらく帰らないだろう。その間は彼を忘れられる。

漁に出るなんて僕はばかか？　今は僕のために働く漁師の一群と漁船団があり、自分で海老をとる必要はないのに。だが、眠れなかった。眠れないなら働くほうがいい。

少なくともデモスは島を出て、アテネに向かっているらしい。おそらくアテナの統治権を回避する方法を弁護士と相談するためだ。まあ、彼の望む返事は得られないだろうが。彼女の権利は不可侵だから。

彼女が無事でいる限り。

だが、もし彼女が本当に島を去ったら……マンハッタンではなにが起こっても不思議はない。僕に監視はできないのだから。

そしてニッキー……島を出たら、息子を知るすべもないし、デモスはまだ息子の脅威となりうる。

いったいどうすれば……。

自分のしたいことはわかっている。強引に二人を保護して、自分の家に置いておくことだ。

だが、その動機が単に常識ゆえでないこともわかっている。明白な欲望もある。

僕はテナが欲しい。十年前も欲しかったし、その欲望はさらに強まっている。だが彼女は仕事のために一度去り、今また去ると脅している。

仕事がそんなに重要か？　僕も漁は好きだが、島の生活が不安になれば、それは二の次だ。

だが、テナは僕じゃない。昔は彼女をわかっていると思ったが、彼女が去ったうえにニッキーのことを話さなかったことで、その信念はくつがえされた。

もう彼女を信用できないし、彼女も僕を信用していない。その理由はわかるが、去ると決めたのはテナだ。当時はクリスタのこともマリカのことも知らなかったのだから、選択したのは彼女だ。電話一本くれれば、僕の人生はまったく違っていただろう。

しかし連絡はなく、今、僕にはクリスタがいる。なにがあっても守ろうと決意した幼い娘が。

籠を仕掛けろ。ニコスは自分に言い聞かせた。頭ではなく、手を使って働くんだ。

彼は籠を仕掛けたが、漁船はたまたま岬をまわり、宮殿の下の入江に入った。ここからなら、宮殿が見えるし、ビーチも見渡せる。

そして彼がまだ籠を仕掛けているときに、彼女たちが泳ぎに下りてきた。アテナとニッキーに続き、オスカーが。思わずニコスは双眼鏡で見た。アテナとニッキーは水着を着てタオルを持ち、犬を見て笑いながら、宮殿からの小道をスキップしてくる。

部下たちはどこだ？

崖《がけ》をさがすと、上から二人が監視し、もう一人は崖下の陰に潜んでいる。

ニコスは緊張を解いた。これなら安全だ。彼女は警備員たちに気づかず、泳ぎを楽しめるだろう。

ビーチに着くと、アテナはタオルをほうり、ニッキーを追って波の中に入った。赤のビキニ姿で、魅惑的な体の曲線がくっきり見える。

ああ、彼女が欲しい……。この気持ちをどう抑えればいい？

二人は今、泳いでいる。ニッキーも母親に劣らず泳ぎがうまく、浅瀬から沖に出る二人に反対するようにオスカーが岸から吠えている。

ニコスは胸に奇妙な思いを抱いた。僕は見ているべきではない。自分の息子を。自分の女を？

マンハッタンでニコスに見つけられて以来初めて、アテナは安らいだ気分になった。

子供のころ、島の海では泳いだことがある。泳ぎは大好きだった。マンハッタンでは海水浴など論外だが、公共のプールを使い、ニッキーがまだ歩けないうちから水泳を教え、始終泳ぎに連れていった。おかげでニッキーも彼女に劣らず泳ぎがうまい。

そしてニッキーは泳ぐことが大好きだった。アテナは水をかく息子のうれしそうな顔を眺めた。

島に着いてから、ニッキーは複雑な気持ちだっただろう。ニコスが父親だと告げられ、ある面ではうれしかっただろうが、とまどいもあるはずだ。最初はうまく反応したが、今後も見守る必要がある。

あるいはニコスが見守るべきか。そう思うと彼女は不安になった。ニコスは息子を知りつつある……。

私たちには気晴らしが必要だわ。「岬まで競争しましょう」アテナが叫ぶと、ニッキーは笑みを浮かべて顔を水につけ、泳ぎはじめた。彼は父親と同じくほっそりした体をしている。今はアテナより優勢で、アテナが追いつくのは大変そうだ。

しかしそのとき……接近するボートの音が鳴り響いた。アテナが顔を上げると……。

ニコスが籠に餌《えさ》をつけようとしたとき、その音が聞こえた。彼は手をとめて、目の上に手をかざした。いったい、なんだ？

モーターボートが北から近づいてきた。高速で。この種のボートはアルギロスでは知られていない。島民にそんなボートを買う金はないし、このボートは見るからに金持ちのおもちゃだ。スピードが目的で、今は飛ぶように迫っている。

近づくにつれ、音が大きくなった。まるで島を一周しようとするように入江の入口を横切っている。

気に入らない、とニコスは思った。

思わずスロットルを握り、舵《かじ》をぐいと引くと、急に不安を覚えて叫んでいた。「テナ」そして漁船を渾身《こんしん》の力で方向転換して無線機に向かって叫んだ。「彼女たちを水から出すんだ。すぐに……」

ひょっとしたら思い過ごしかもしれない。ボートはこのまま通り過ぎるかもしれない。

しかし予感はあたった。土壇場でボートはビーチのほうに急旋回したのだ。エンジン音をとどろかせたまま。ボートには姿勢を低くした二人の男が乗っている。黒装束に覆面姿だ。

ボートに所有者を知らせるマークはない。

ボートはまっすぐニコスの横を通り過ぎ、入江をめざしている。目的は一つだ。

「テナ」ニコスはふたたび叫んだが、彼の船は速く動けない。漁船は大きすぎて馬力がなく、このままでは愛する女性を救うのに間に合わない……。

アテナはニッキーに追いつくと、彼の足をつかんで引っ張った。ニッキーは水をばちゃばちゃはねあげ、笑いながら浮かびあがる。「小さなお魚さん」そう言ってアテナは抱擁した。そして音のするほうを横目でちらりと見て、息子をぐいと抱き寄せた。

二人は水中で抱き合ったまま見守った。場所はビーチに近く、浅瀬からはほとんど出ていない。

ボートはそれていくわ。

ところが、かすかに向きを変えた……。

「もぐって」アテナは息子に叫んだ。「深くもぐるのよ、ニッキー。早く!」

ニコスは全速力で漁船を岸に向かわせながら、無線機に叫んだ。部下たちは身を潜めていた場所から出て、ボートに叫んでいる。崖を駆けおり、ビーチを走っていく。

だが遅い。もう手遅れだ。

そのとき、ボートがスピンし、百八十度旋回した。女性と子供がいた場所にはなにもない。

もうすぐだったのに……。

ボートのたてた波で見えないが、まともにぶつかったに違いない。二人の形跡は皆無だ……。

ボートは轟音《ごうおん》をたててニコスの横を戻っていった。覆面姿の男の一人は銃を持ち、それを見たニコスの頬をかすめるように銃弾が飛んできた。

もう一人は仲間をつかみ、興奮して今来たほうを指している。もう一度行くべきかどうか決めかねているのだ。

ああ、神様、まだ二人の気配はない!

ニコスは先ほど二人が見えた場所に来て、海面をさがした。部下たちはまだビーチから叫んでいる。ニコスとボートに。ニコスはなかばボートの再接近を予想して横を見た。

部下たちは武装して浅瀬に入ってきた。ザックがライフルを構えて発砲するのが見える。

　それでじゅうぶんだった。ボートは轟音をたてて入江を出ると、岬をまわって走り去った。

　ニコスはそちらに目を向けず、ただアテナと息子をさがした。

　ニッキーは母親よりこのゲームが得意だった。潜水でどれだけ進めるか、何度も遊びでやったことがある。この半年間で、母親よりプールの四分の一の長さ分、先に進むことができた。

　聡明《そうめい》な彼はとっさに事が差し迫っていると気づくと、母親と並んで海にもぐり、岩場に向かった。

　私もニッキーの行くところまで行こう。遅れずに。

　でも、無理だ。

　アテナは息子に先に行くよう指示して浮きあがった。陽光と空気の中へ。

　モーターボートの音は遠ざかり、今はもっと大きなエンジンの重々しい音が聞こえる。

　私はもうもぐらない。ニッキーがすぐに浮かびあがってくるわ。ああ、神様、私があの男たちの気をそらして、息子を遠くまで行かせられますように。

　船が近づいてきた。モーターボートではない。もっと大きく頑丈な船だ。漁船。ニコスだわ。

　彼女はいた。海面に浮かびあがってニコスの漁船を見ると、必死で周囲を見まわしている。脅威はないか、息子はいないかとさがして。

　ニッキーはどこだ？　ニコスはエンジンを切った。

　ビーチの部下たちはまだ叫んでいる。

「テナ」彼が呼ぶと、アテナは振り返った。

「ニッキー」アテナは恐怖に満ちた声で叫んだ。

　すると三十メートルほど先の海面が割れ、子供がひょいと顔を出した。

「もう行っちゃったよ」ニッキーは母親に叫んだ。そしてわっと泣きだした。

ニコスは先にニッキーを引きあげて抱擁し、それからアテナを引きあげた。船に乗るとアテナはニコスの腕から出て、ニッキーをきつく抱き締めた。ニコスはそんな二人を——抱き合うテナと息子を——見つめていた。そして彼の世界は一変した。

漁船は岸の近くで荒波にもまれている。これ以上漂わせたら座礁してしまう。だが、かまうものか。彼は二人のそばにしゃがみ、両腕で二人を抱擁した。

そしてわかった……。

ほかになにが起こり、アテナがなにを決意し、今日から事態がどうなろうと、これが僕の家族なのだ。

一カ月前には母とクリスタがいた。

今は同じように愛し、いつくしむべきアテナとニッキーもいる。二度と二人を手放しはしない。

8

今起こったことの深刻さを軽視することはできない。二人を無事に守るための方策がいかにみじめに失敗したかも。

部下たちは岸でニコスを待っている。二人を守れと指示されながら、明白な脅威を見過ごした男たちの顔はむっつりしている。

しかし、これは明白な脅威ではなかった。これをデモスの差し金だと突きとめられはしないだろう。ボートはどこからともなく現れ、どこへともなく去った。所有者はわからないだろう。仮にアテナとニッキーが今日命を落としても、単なる悲劇ですまされたのだ。高速艇に乗った愚かな男が……。

殺人ボートと銃を持った愚かな男が……。実に幸運だった。二人とも泳ぎが得意で、たまたま僕が居合わせたことが……。

入江の横の岬のそばに桟橋がある。ニコスが船をつけると、係留する準備をした部下たちが、接近するボートを見て無線連絡をしようとしたが遅かったと告げた。みんな、呆然《ぼうぜん》とした顔をしている。

デモスは王座を得るためならなんでもするとニコスは思ったが、本気で彼を信じる者はいなかった。

アテナも信じていなかった。

だが、今は信じている。脅威が自分の身に迫ったことを正確に知ったと、その顔は語っていた。

「宮殿まで送るよ」ニコスはぶっきらぼうに言い、アテナを立ちあがらせようと手を差し伸べた。

彼女は手を握らなかった。

その体はふるえている。ニコスはアテナを抱擁したかったが、彼女はあとずさった。

「大丈夫よ」アテナは緊張して言った。「ニッキー、大丈夫？　歩ける？」

「もちろん」ニッキーは母親より立ち直りが早かった。まだ脅威の実態がわかっていないからだろう。「あいつらはばかだよ」少年は憤然と言った。「ビーチ近くであんなに飛ばすなんて。逮捕できる？」

「見つかったらね」ニコスは言った。「まあ、僕にはこの島で誰も逮捕する権限はないが。でも、君のママならできるよ」

アテナは怒りと恐怖の入りまじった目でニコスを見た。「よして。もう終わりよ、ニコス。私たちは家へ帰るの」

「脅威が追ってくるぞ」

「大丈夫よ。マンハッタンには警察があるもの」

「デモスは金持ちだ。金を積んで……」

「かまわないわ。聞く耳は持たない」

「テナ、この件はあとにしよう」ニコスは言って彼女の手を握った。「今は言ってもわからないだろう。部下に宮殿まで送らせるから、そちらで会おう」

「どうするつもりなの？」

「サフェイロスとクリセイス、そしてギリシア本土の当局に連絡する。ボートの手配書を送るよ」

「ギリシアの海岸に、あんなボートはいくらでもいます」部下の一人が言った。「見つかりませんよ」

「やるだけやるさ」ニコスは重々しく言った。「テナ、ともかく部下たちに送らせてくれ」

「大丈夫」アテナはニッキーを立ちあがらせた。「そして荷造りして、明日マンハッタンに発《た》つわ」

ニコスは母親と昼食をすませて、クリスタのようすを見た。少女は自分と新しくできた兄の絵を描《か》いている。彼は母親にしてほしいことを告げ、アレクサンドロスに電話をして、少数の軍隊を出動させた。それからゆっくり岬を横切って宮殿に向かった。

アテナは道理をわきまえるべきだ。

彼女は寝室にいなかった。ノックをして返事がないので中に入ったが、姿がない。彼は隣の寝室に行ってドアノブをまわした。

ジーンズに白のブラウス姿のアテナは素足で肘掛け椅子に座り、眠っている息子と犬を見ていた。ニコスを見ると、唇に指をあてて立ちあがり、部屋を出てドアをうしろ手に閉めた。

「あの子は口で言う以上におびえているわ。私たちがデモスの話をするのを聞いたのよ。階下《した》の入口に彼の絵があるでしょう。あの人が僕たちを殺そうとしているの、ときいたのよ」アテナは身ぶるいした。「泣いたけど、昼食を少し食べて、それから二人で話して落ち着かせたわ。もうデモスの絵を下ろして捨てたから大丈夫。だけど、時差ぼけのせいもあって。おかげで今は眠っているわ」

「君も寝たほうがいい」ニコスはアテナの目の下の

くまを見て言った。

「今夜眠れるわ。ニッキーが私を必要とする間は眠らない」

「彼は今寝ているよ」ニコスはためらった。「テナ、話したいことがある」

「話す気はないわ。私は去るの」

アテナは閉じたドアにもたれていた。泳いでから、髪はとかしていない。シャワーを浴びて服を着ただけでじゅうぶんなのだろう。湿った髪の房が額に垂れているのも気にしていないようだ。今は息子のことだけに集中している。

彼女は自分の美しさを自覚しているのだろうか？昨夜はイブニングドレス姿に目を奪われた。あのときの僕の気持ちはとても言葉では表現できない。

今、アテナは中にいる子供を守るようにドアにもたれている。万一ニッキーになにかあったら……。

それは考えるのも耐えられない。クリスタの身になにかあったらやりきれないだろうとは思ったが、今は気づかう対象がもっとある。クリスタにアテナ。そして今は僕の息子とわかったニッキー。

やはりアテナをマンハッタンに帰らせるわけにはいかない。彼女には島に残ってもらい、僕は父親としてニッキーをきちんと知りたい。

それに……この女性が欲しい。たとえ二人に違いはあっても、僕はアテナが欲しい。

だが、その感情を口に出す時間はない。彼女への欲望はあとまわしにし、先に脅威を回避しなければ。

「鷲《わし》の巣城に行ってほしい」ニコスはアテナに言った。「みんなで行くんだ。君とニッキーと僕とクリスタと」

アテナは腑《ふ》に落ちない顔で彼を見つめた。「鷲の巣城……」

「この城の誰かが、君が入江にいることをデモスに知らせたんだ」ニコスは言った。「心から信頼できる者もいるが、スタッフが多すぎて、僕の知らない者もいる。テナ、僕は状況を整理する時間が必要なんだ。その間に君を危険にさらしたくない」

「私に危険はないわ。もう島からいなくなるから」

「そんなことはできない」

「できるわ」

「それなら一生背中を気にして生きることになるぞ」ニコスはゆるぎない確信を持って目を見つめた。

「テナ、君と息子になにかあったら、デモスが継承者となる。彼とその仲間が。君が去れば、僕は君を守れない。そしてテナ、僕はぜったいに君を守る」

「それはニッキーが欲しいからでしょう」

「君たちが危険だからだ」ニコスはどうにか感情のこもらない口調を保った。「だが君に嘘《うそ》はつかない。もちろんニッキーは欲しい。彼には父親が必要だ」

「今まで父親がいなくてもちゃんと育ったわ」アテナは口ごもりながら言った。

彼女自身どれほど父親が欲しかっただろう、とニコスは思った。アテナの父親は意志の弱い人で、ギオルゴスに脅されたあげく、彼女が生まれてすぐに金をもらって島を出た。ニコスの知る限り、アテナは一度も父親に会っていないはずだ。

父親を知らずに育つのがどんなものか、ニコスには想像できなかった。彼も十二歳のときに父を亡くしたが、もう物心はついていたし、祖父母やいとこ、おじ、おばなど大勢の親戚《しんせき》がいて、常に自分が愛されていると思わせてくれた。

アテナは母親一人に育てられたのだ。ひょっとしたら家族のよさがわからないのかもしれない。僕が教えてやらなければならないのかもしれない。

「それで……なぜ鷲の巣城なの？」アテナも自分なりに考えていたのだろう。鷲の巣城に関して尋ねたのは、脅威の存在を認めたからにほかならない。

鷲の巣城は国王だけが利用するために建てられた

みごとな城だった。海を見晴らす高い崖《がけ》の上にあり、一本の道が曲がりくねった崖沿いに通っている。崖自体が壁になっているようだ。

「あそこなら安全だ」ニコスは言った。

「あなたは中に入ったことがあるの？」アテナは驚いて尋ねた。そこは二人が子供のころ魅了された場所だった。

「ああ。すばらしいよ。最初は君と一緒に見るはずだった、テナ。子供のころ、ずいぶん努力した。今は普通に車で行けるよ。さあ、テナ、僕と一緒に鷲の巣城へ行こう」

アテナは目を合わせようとせず、逃げ道をさがすように廊下を見ていた。「鷲の巣城にこもって、どんな目的が果たせるの？」

「時間ができる」ニコスは静かに言った。「それが必要なんだ。アレクサンドロスが今夜アテネに飛んでデモスをさがす。あいにく、背後にいるのはデモスだけではなさそうだが。あれだけの金がかかれば……。彼は意志が弱い。彼を傀儡《かいらい》の統治者として擁立しようとする、真の力があるはずだ」

「うんざりだわ」アテナはささやいた。

「僕もだよ」ニコスが手に触れようとしたが、アテナは払いのけた。「いったん僕の家に行って、母と話してくれないか？」

「お母様と？」

ニコスは苦笑した。「テナ、君は僕を信用していないが、アニアを信用しない理由はあるかい？」

「いいえ……」

「それなら来てくれ。母に話をさせてくれ。頼む」

「彼女は私に残れと言うわ」

「君は去っても残っても恐怖を覚えるが、残れば安全だ。僕が約束する。僕とアレクサンドロスと僕の母。みんな、君の家族なんだよ、テナ」

「私に家族はいないわ」アテナはささやいた。「ニッキー以外に。どうしてあなたを信用できるの？」

「できるさ」

アテナはぼんやりと彼を見つめ、ようやく言った。

「いいえ。だって……」口ごもってから、決意したように続ける。「一人ニューヨークで妊婦でいることがどんなに不安だったかわかる？　どれほどあなたに追ってきてほしかったか。今さらあなたを信用できるはずがないでしょう？」

ニコスは顔をしかめた。クリスタ。マリカ。あの昔の悪夢の亡霊が常につきまとう。

だが、今は過去を話すときではない。話すときがあるかどうかはわからないが、今は前進しなければ。

「過去は過去だ」ニコスは言った。「それよりクリスタとニッキーが生まれる前を思い出さないか。子供のころは、一緒に島の繁栄を願っただろう」

「あれは子供だったから。夢を見ていたのよ」

「そうかもしれないが、今はそれを実現できるんだ」ニコスはアテナの手を握った。彼女はその手を引こうとはしない。「テナ、君が今島を出れば、デモスが勝つ。彼はニッキーをおびやかし、君は彼の要求に屈して、結局彼が王位継承者になる。僕はそんなことを指をくわえて見てはいないぞ」

「あなたは自分が継承者になりたいのよ」

「僕は島を変えたいんだ」ニコスは認めた。「君に嘘はつかない。ここを安全で繁栄した島にしたい。だが、そんなことは君は知っているはずだ。僕がそういう人間だということは」

「昔は知っていると思ったわ」アテナはささやいた。

「マリカ……彼女のせいで、あなたがわからない」

「彼女が妻だったのはわずか一年もない」

「期間なんて関係ないわ。私はあなたが私を愛していると思ったのよ」

「愛していたよ」ニコスは静かに言うと、アテナの目を見つめた。「ずっと。今も愛していると思う」

「嘘よ」アテナは両手を引いた。「よして、ニコス。私を愛しているなんて。私は島を去るのよ」

「去らせない」ニコスは頑固に言った。「まだ今は。ともかく感情は忘れろ。必要なことに集中するんだ。テナ、島が君を必要としているんだよ」

このことを彼女にぶつけるべきではないのかもしれない、とニコスは思った。しかし、彼女が記憶にあるアテナの一部なら、彼女はこの愛を、情熱を分かち合うべきだ。

「この宮殿を見ろ」ニコスは言った。「みごとな造りだし、修復すれば……王家も一部を使えるが、すばらしい公共の場となる。現にアレクサンドロスはサフェイロスで実践しているし、僕もそうしたい」

「すべて計画してあるのね」

「僕だけじゃない。君と僕の夢さ。子供のころ、島を歩きまわり、一緒に夢見ただろう」

「あのころは子供だったのよ」

「そしてそれは夢だった。しかし跡継ぎのいないギオルゴスの死で、夢の実現が可能になったんだ。君はデモスに後継を譲って、それを無にするのか？もう一度去るほど仕事が大事なのか？ ニッキーの命を危険にさらしてまで？」

「そんなの不公平だわ」

「人生は不公平なんだよ」ニコスは言った。「だが、これは君の二度目のチャンスだ。僕を信用し、デモスをこらしめるまで鷲の巣城に行ってくれないか？仕事は延期して。今回、君は自分のために選択するだけではない。息子のため、島のためでもある」

「あなたは私が前回も選択したと思っているの？」

「君が去ったとき……」ニコスは顔をしかめた。「もちろん君が選択したさ」

「私は去らざるをえなかったのよ」アテナは唇を噛《か》んで目を閉じ、混乱した頭で必死に考えようとした。もしも彼の言うとおり……本当に私は危険にさらされていて、今日以降彼を信じなければならないのなら、選択する余裕などないかもしれない。でも、彼を信用するためには……まだ答えの必要な質問がたくさんある。

「それで、そのお金はどこから出るの？」アテナは尋ねた。「あなたは私をさがしにマンハッタンに来たわ。ここの警備員にも費用がかかっている。あなたの漁の収入ではまかなえないでしょう？」

ニコスはほほえんだ。「まかなえるさ。僕は実業家になったんだ。養うべき娘がいて、ほかに楽しみがなければ、情熱に驚くほどのエネルギーを注ぐことができる。僕は金持ちなんだよ、テナ。だが、そうでなくても……僕は一人じゃない。アレクサンドロスもステファノスも島が大事だ。自分のものを守るためなら、僕たちはなんでもするのさ」

「あなたのものとはクリスタね」

「僕は島のことを言ったんだ」ニコスは言った。「だが、もちろんクリスタもだ。あの子の存在で君は裏切られた思いだろうし、そのことはすまないと思う。だが、あの子の存在をあやまりはしない。僕の娘に対する気持ちはゆるがない。だが、そのせいで僕たちの計画がゆらぐこともない。ただ……君は安全で、僕は息子のことを知る必要がある。だから君と僕とニッキーとクリスタで、家族の休暇にしないか。ああ、もちろんオスカーも連れて」

アテナがニコスを見つめると、彼はひるまずに見つめ返した。強く、まっすぐな視線だった。彼女に島にとって最善のことをしろと要求し、自分にニッキーのことを知らせてくれと要求する視線だった。それは娘への愛情を宣言する視線だった。

「あなたが王位継承者になるべきだわ」アテナはささやいた。「私はここに根づいていないけど、あなたはずっとみんなの王子だったもの」

「ばかなことを言うな。君が真の王女だよ」

「たまたま生まれてね。あなたのお母様は王女だったわ。もし状況が違ったら、あなたがその称号を継ぐこともできたのよ」

「だが、継がなかった」ニコスはきっぱりと言った。「欲しくもない。どうして僕が継ぐんだ？」

そうすれば私が安全だからよ、とアテナは思った。私が人生を続けられるから。

「いいわ」彼女はふいに疲れを覚えて言った。「わかった。残るわ。デモスが……なんとかなるまで。でも脅威をどうやって取り除くの？　何年かかるか知れないし、私のキャリアはだめになってしまう」

「君は本を書きたかった」

「そんな話はしないで」アテナはささやいた。「あなたは今、島のために仕事を犠牲にしろと言ったのよ。仕事を軽視しないで」

「そんなつもりはないよ、テナ」

「その呼び方はよして」

「どうして？」ニコスはきつく彼女の手を握った。

「では、アテナ」彼はやさしく言ってほほえんだ。

「これが君の望みと違うのはわかるが、僕と一緒ならなんとかなるよ」

「あなたはもうなんとかしたわ」アテナは言った。

「でもニッキーのことを話さないことで、私もあなたを傷つけた。だから実際的なことを話しましょう。私の髪を乾かすとか。そして少なくとも、二人の子供で寝室を切り離して寝る協定を結ぶとか。ゆうべはキスされて……キスして……とてもこわくなった。自制心を失って。二度とあんなのはいやよ。島を出たければ、いつでも出られる。だから一週間、鷲の巣城に泊まって、もう一度考えるわ。それがだめなら、話はなしよ」

「わかった」ニコスは立ちあがった。「僕は家に帰って母に話すよ」

ふいにアテナの目に狼狽《ろうばい》の色が浮かんだ。「ニコス……」

「君は安全だよ」ニコスはアテナが気づく間もなく顎の下に手を添えて唇にキスをした。羽根のように軽く。「いとこが二人、階段の上にいて、僕たちが移動するまで警備につく。大丈夫、危険はないよ」

「どのくらいの間？」

「僕の思いどおりにいけば、君は永遠に安全だ。自分のものはぜったいに守るから」ニコスは誓った。

自分のもの？　彼はニッキーのことを言っているの？　だがアテナが反応する間もなく、彼はふたたびキスし、誓いを封印した。

「二、三時間で迎えに来るよ」ニコスは言った。「クリスタと。だが今はドッグフードやサーフボードを準備しないと。どんなに安全かわかるよね？」

彼はほほえむとまわれ右をして廊下を歩き去り、アテナはそのうしろ姿をぼんやりと見送った。

彼は私に譲歩して自制を保てるようにしてくれた。実際はそれとはほど遠いのに。

アテナは寝室に戻るとふるえはじめた。私は今、ニコスと王家の別邸に移ることに同意したのだ。世界一セクシーなニコス。民衆の王子。漁師で実業家。警備を命じて、今朝は私の命を救い、自分のものを守るすべを知っている男性。

アテナは数回深呼吸して落ち着こうとした。

過剰反応だろうか？　脅威を取り除くために必要な限り、ニコスの庇護《ひご》を受ける。それだけよ。そのあとはマンハッタンに戻り、ふたたび自分の生活を始めればいい。

アテナはベッドを見た。小さなニコスはまだぐっすり眠っている。

いいえ、過剰反応ではない。今朝の脅威は本物で、恐ろしいものだった。

そしてニコスが息子も助けてくれたのだ。

彼女は目を閉じた。それからふいにもう一度ドアを開け、大理石の階段を駆けおりた。階段にいる大柄な漁師二人の横も通り過ぎて。ニコスはもう玄関にいて、大股で前庭に向かっている。

「ニコス？」

彼は立ちどまって振り向いた。「テナ？」

アテナは足をとめた。彼は十段ほど下にいる。アテナはそれ以上近づこうとはしなかった。

「お礼を言ってなかったわ」アテナは言った。「あなたに命を救われたのに」

「君たちは海にもぐって自力で助かったんだよ」

「あなたや部下の人たちがいなければ……ずっともぐったままではいられなかったわ」

「それは考えるな」ニコスはやさしく言った。「忘れるんだ」

「ええ」アテナは言った。「でもだからって……お礼の気持ちは……」

「僕たちは感情を持つべきではない」ニコスはそっけなく言うと、敬礼のまねをしてふたたび踵《きびす》を返し、大股で残りの階段を下りていく。

それから足をとめて振り返った。

「ところで」だしぬけに彼は言った。「一緒に母に会いに行かないか。今後の計画を話す必要があるし、君はここに戻ってから母に会っていない」

「でも……」

「〝でも〟はなしだ。母はこわくないよ」

「もちろんよ。ただ……」

「ニッキーは眠っているし、僕のいとこたちが見張っている。なんならミセス・ラヴロスに子守りを頼んで、目を覚ましたら連絡してもらってもいい」ニコスは手を差し伸べてほほえんだ。「だからニッキーは安全だし、君に会えたら母も喜ぶよ」

アテナは差し伸べられた手を見た。それを握りたい気持ち、彼を信用したい気持ちは強烈だ。

「なぜゆうべお母様はいらっしゃらなかったの？」

「家でクリスタの世話をしていたんだ。僕が今朝別れたときは、バクラヴァをオーブンに入れていた」

バクラヴァ。ニコスの母親が作る、ナッツの入ったお菓子。

「だめよ」アテナはささやいた。

「大丈夫さ」ニコスはにっこりしている。「誰も母のバクラヴァには抵抗できないよ」

「一時間だけよ」

「よし」ニコスの手はまだ差し伸べられたままだ。

アテナはその手を見つめたまま、ゆっくり階段を下りて彼のところへ行った。

だめよ。いけないわ。

ニコスがバクラヴァを食べに母親の家へ連れていってくれる。昔何度もしたように。ああ、あのころに戻りたい。あのころの生活に。

「私……ミセス・ラヴロスに話してくるわ」

「もう話してある」ニコスは階段の上から見ている親類の一人に呼びかけた。「ジョー、ミセス・ラヴロスにニッキーの子守りを頼んでくれ。ニッキーが目を覚ましたら、僕に連絡するように」

「了解」そう言って、男は姿を消した。

「ジョーは信頼できるの？」

「彼は僕のいとこだよ」ニコスはにやりとした。

「父には八人きょうだいがいた。島民の半分は僕の血縁さ」

「だから、あなたがここを治めるべきなのよ」

「その必要はない。君がいれば」

そしてニコスはまだ手を差し伸べて待っていた。

信頼については割り切れるものではない、とアテナは思った。クリスタが生まれたために、個人的にニコスを信頼はできないが、公国の後見人……統治権を譲る相手としては……そう、彼は信頼できる。

彼の手はまだ差し伸べられている。

信頼……それは相対的なものだ。少しなら信頼できる。今から、ほんの少しなら。

アテナが階段を下りて手を重ねると、ニコスは導くように宮殿の敷地を出た。

ニコスは車を持ってきていなかったので、二人は昔のように、宮殿から彼の家のある小さな村へと続く崖の小道を歩いた。

泳ごうとしたのを除けば、アテナが島に着いて以来宮殿の敷地を出るのは初めてだ。島がこんなに美しいことを彼女は忘れていた。いや、思い出すのがつらくて、頭から締め出していたのかもしれない。

まさに絵葉書のようだ。崖にしがみつくように家々が建ち、崖の下には海に桟橋が突き出ている。桟橋には船が係留され、漁師が市場に運ぶ獲物を屈強な助手たちに向かってほうり投げている。

「これからは輸出しないと」崖の小道に着くと、ニコスはなごやかに言った。アテナは彼に手を握られているのを意識してほかのことを考えられないのに、彼はすっかりくつろいでいるようだ。「ここは漁業で成り立っているし、とれたものは缶詰工場に大量におろせばいい。だが、大半の漁師は地元の市場でまかなえるだけの量しかとらないんだ」

「あなたは？」アテナはどうにか言った。手を引っ込めないと。でも、とても……心が安らぐ。

「僕の船はもっと大きい。とれたものを直接本土へ運べるよ」

「だからギオルゴスに頼らずにすんだの？」ニコスに手を握られていると、なぜかアテナは少女時代に戻ったような気がした。

「まあね」ニコスは言った。「それでも彼は常に脅威だったが」

その言葉でアテナは我に返った。ギオルゴスの脅威は自分がよく知っている。昔自分が島を去った理由をニコスに話すべきだろうか？　逃げずにいられなかった恐怖を打ち明けるべきだろうか？

　もし話せば……私へのニコスの感情はよくなるかもしれない。でも、私の感情は変わらない。

　かたわらにいる彼は無言のままだ。昔から二人はこうだった。必要があれば話すが、そうでなければ、たがいにリラックスできるので言葉は不要なのだ。

　たがいがいるだけで落ち着けるから。

「やはり僕はニッキーを知る必要がある」ようやくニコスが口を開いた。「彼は王位継承者なんだ」

　アテナはそれをじっくり考えたことはなかった。

「そうね」彼女はささやいた。成長したニッキーが島を統治するという考えに打ちのめされそうだ。

　ニッキーのためにも私が王位を継ぎ、島を安全にする務めを果たすべきなのかもしれない。

　ニッキーは父親のあとを継ぐべきだわ、と彼女は思った。実際、その可能性もある。船が好きだし、父親のように自分の漁船団を持つかもしれない。たぶん彼はここで育つべきなのだろう。そうさせるのが私の務めなのかもしれない。

　さまざまな可能性が頭をめぐって混乱する。

　岬の先端を曲がると、ニコスの家が目に入った。そしてアテナはふたたび胸を締めつけられた。

　ニコスの家は崖の頂上にあるコテージで、作りかけ、あるいは修理中の多くの海老《えび》とりの籠《かご》に囲まれていた。古びた二隻の木造船が逆さに置かれ、船の間にはトマトが実をつけ、さやいんげんが船をおおう。オリーブの木陰には大きな木製のテーブルがあり、古いビーチパラソルの陰には鶏がいる。乱雑な光景だが、アテナは喜んで息を吸い込んだ。

　故郷。

　そしてニコスが裏口を開けて中に案内すると、なつかしい感情が一気にこみあげた。ドアの先はすぐにキッチンで、両手を小麦粉まみれにしたアニアがテーブルについている。アテナが入っていくと、アニアは目を上げて歓声をあげた。そしてすぐにアテナは小麦粉だらけの抱擁に包まれた。

こんなふうに抱かれたのはいつ以来だろう？　彼女もアニアを抱擁し、目の奥に涙がこみあげた。

この人たちは私の仲間。ここは私の島。どうして十年前に去ったきり、顧みずにいられたのだろう？　しかたなかった。それは当時も今もわかっているけれど、それでもここにいるのは心地よかった。

「食事を頼むよ、母さん」ニコスは言った。「ひどいやせっぽちだろう。さて、君は元気かい？」

というのも、クリスタもテーブルにいて、パン生地をまるめていたからだ。

「料理しているの」クリスタは父親に誇らしげに言った。「パパも気に入るわ」

「そうだね」ニコスは娘を抱擁してからキッチンの椅子にまたがり、母親のボウルの中身を味見した。

アテナはまだ涙をこらえながら、ぼんやりニコスを見た。みんな彼を信頼し、彼は家族を愛している。彼が家族を裏切るはずがない。

なのに、どうして私を裏切ったのだろう？

そんな思いが顔に出たのか、アニアがふいに椅子を引き、アテナを座らせた。

「今朝はこわかったでしょう」アニアはアテナの顔をのぞき込んだ。「島じゅうの噂《うわさ》よ。あのデモスが……」首を振ったが、まだアテナを見つめ、悩みごとがないかさぐっている。「十年間、大変だったのね？」それから単刀直入に、アテナが予期したとおりの質問をした。「そして私には……孫がいるのね？」アニアは恐る恐る尋ねた。「みんなそう言っているわ。あなたの息子はニコスの息子でもあると。ニコスにきいたけれど、あなたに直接きけって。だから尋ねるけど、ニッキーは私の孫なの？」

真実を答えるほかない。「そうです」ニコスを見ずにアテナは言った。見られなかったのだ。

「まあ」アニアは憤然として両手を腰にあてた。「あなたは私の孫を産みながら、私たちを近づけなかったのね？　一人で胸に秘め、話してくれなかったのね？　行ったのに。すぐにも駆けつけたのに」

いいえ、来なかったわ。クリスタを産んだマリカの手伝いがあったもの。三カ月以内に二人の孫だもの！　アテナはそうニコスに叫びたかった。

でも、ここにはクリスタがいる。彼女もアニアも傷つけるわけにいかない。

アニアは島で特別な役割を持っていた。王族であって王族でない。ギオルゴスの妹だが、二十歳の年の差があり、きょうだい仲が悪く、漁師と結婚して、王族のスポットライトから退いたのだ。それでも島民にとっての王族の意味をよくわきまえている。

アニア自身、いい王位継承者になれただろう、とアテナは思った。世俗的な良識があり、権利としてその役割を担えたはずの、すばらしい息子がいて。

「そっとしておいてやれよ、母さん」ニコスが言った。「もう昔のことだ。僕はテナとニッキーとクリスタを……鷲の巣城に連れていくつもりなんだ」

アニアはアテナと息子を交互に見てほほえんだ。

「国王の愛の巣へ？」

「母さん……」

「いいわ、その別名は忘れるわ。でもどうして？」

「デモスを押さえる方法が見つかるまで、テナを無事に守るためだよ」

「名案ね。あそこなら安全だわ」アニアはほほえんだ。「それに滞在中は楽しめるかもしれないわね。子供のころ家族で行ったけれど、母が私に寝室を見せて、ここは女性にとって天国にいちばん近い場所よと言ったの。私があなたのお父さんと結婚して唯一悔やまれるのは、あそこで眠れなかったことよ」

それから彼女はアテナの顔を両手で包んでキスをし

た。「きっと楽しめるわよ。そして私の生まじめな息子をもっと気楽にさせてちょうだい」

「私はただ……滞在するだけで……」

「島が安全になるまでね」アニアが補った。「あなたとニコス……あなたとニコスの、二人の問題の答えは思い浮かばなかったの？」

「母さん……」ふたたびニコスにたしなめられ、母親は彼にキスをした。

「いいわ。私はアテナが帰国すると聞いたから。あなたたちの間になにかあったのかと。二人ともばかじゃないんだから。でも、なにも言わない。アテナ……バクラヴァはどう？　もうすぐできるわ」

「私は……いいえ」

アテナは圧倒されかけていた。家庭生活。愛情深いひやかし。ニコスとの関係のほのめかし。

昔はこの輪の中に居場所が見つかると思ったが、かなわなかった。そして、まだ見つかるかもしれないというアニアの暗示に胸が張り裂けそうだった。

アニアとクリスタは——そしてニコスは——さまざまな関心を持って今、私を見つめている。彼らの関心などいらないのに。

でも、私は自分の欲しいものもわからない。いいえ、わかっても、それを認めることはできない。

「ニッキーのところへ戻らないと」そう言って、アテナはあわてて椅子から立ちあがった。

ニコスも立った。「なにか問題が？」

「いいえ。残してくるべきじゃなかったのよ」

「まだなにも起きていないよ」彼はベルトにつけた携帯電話を示した。「起きれば、僕に連絡がある」

「それでも行く必要があるの」

「バクラヴァを食べずに？」

「ええ」アテナは必死の声で言った。このテーブル、ニコス、この家族……どれも八歳のころからの夢だが、二十年後の今も、その実現には一歩も近づいていない。そして今も変わらずこの島にとらわれ、外から島を見つめているしかないのだ。

　アテナは悲しく空虚な気分になった。

「テナ、そんな顔をするなよ」ニコスに言われ、アテナは彼の目を見た。本当に心配そうな目だ。かつて彼女が愛したころと同じ表情に見える。

　今すぐここを出ないと。

「送っていくよ」ドアのほうへ戻るアテナに、ニコスは言った。アニアとクリスタはとまどい顔で彼女を見ている。当然ね。アテナは思った。私自身とまどっているのだから。

「すみません」アテナはアニアにささやいた。「ニコスと私がだいなしにして。でも……期待しないでください。気を持たせないで。もう手遅れなんです。私は王位継承権など持つべきではありません。私の権利はたまたま生まれによるもの。本来、あなたとニコスであるべきなんです。だから、私はそれを避ける方法を考えないと。いろいろとありがとうございます、アニア。だけど、ごめんなさい」

　そしてアテナはコテージを出て走りだした。

「あとを追いなさい」

　ニコスが閉じられたドアを見つめていると、母親の声が聞こえた。

「彼女がいやがるよ」

「そんなことないわ」

　ニコスは首を振った。「彼女は去ったんだよ、母さん。十年前に去って僕の息子を産み、僕に知らせなかった。彼女は強く、自立しているんだ。そしてキャリアを望んでいるんだよ」

「仕事一辺倒の人には見えないわ」アニアはためらった。「ニコス、きいていい？　十年前にきくべきだったけど、そのときは余計なお世話だと思ったの。でも今は……アテナがあんなに苦しんでいるのを見たら……どうして神父ではなく、治安判事の前でマリカと結婚したの？」

ニコスは顔をしかめた。「妊娠していたからさ」

「アントニオ神父なら結婚させてくださったわ」

「僕たちは教会で結婚したくなかったんだ」

「わかるわ」母親は思慮深く言った。「マリカの母親も私も動転していたから。でも、あなたたちは二人とも頑固だった。なぜあんなにこだわったの？」

「もういいよ、母さん。いろいろ準備があるし」

「もちろんそうでしょう」アニアはほほえんだ。

「クリスタ、なにを作っているの？」

「レディ」クリスタは言った。パン生地は今、スカートをはいた人の形になっている。

「すてきね」アニアはにっこりした。「あなたはレディになるわ。ニコス、あなたはレディを守りに行きなさい。そうすることで二人が幸せになれたら……そのときはアントニオ神父の出番ね」

9

彼らは再度リムジンに乗ったが、今回はニコスが運転した。子供たちははしゃいで景色など眼中にないが、アテナはずっと窓に鼻をつけていた。

ニコスとは以前ここに来たことがある。子供のころは歩いたりポニーに乗ったりして、島の大半を探検した。けれども鷲《わし》の巣城の門を通ったことはなかった。門は三・五メートルの高さで大きな錠がかけられているうえ、敷地には犬の一群が放されていて、とても中に入る気になれなかったのだ。

「それで……犬はどこにいるの？」車が近づいて門が開くと、アテナは不安そうに尋ねた。

「ギオルゴスの死後、最後の一匹を管理人が引き取った」ニコスは肩ごしに答えた。「こわいドーベルマンがいなければ、堂々としていられそうかい？」

「がんばるわ」アテナは思わずほほえんだ。朝の事件で受けた心の傷やアニアを訪ねたとまどいにもかかわらず、急にわくわくしてくる。ふたたび八歳に戻った気分だった。

「クールじゃないか？」彼女の思いを推測したように、ニコスが言った。「ここはいつでも十人以上の来客があってもいいように準備されているから、僕たちの部屋はあるはずだ」

「寝室は四ついるわ」アテナが言うと、バックミラーで目が合って、ニコスはにやりとした。まただ。あのほほえみ。心底いたずらっぽい。

かつて知っていたニコスの微笑……。

車が玄関前にとまると、また召使いが現れた。宮殿から来たジョーとミセス・ラヴロスだ。

「知っているスタッフがいいと思ってね」

「ベッドメイクもサンドイッチ作りも自分でできるわ。どうして人が必要なの？」

「僕はジョーが必要なんだ」ニコスがきっぱりと言った。

もうアテナの明るさは消えていた。ニコスのいとこのジョー。大柄で頼りになる警備責任者。

「それにミセス・ラヴロスは母のようにバクラヴァを作れる。君の料理をけなすわけじゃないが……」

「私が料理ができないと思うの？」

「そうは言ってないよ」

「ママはハンバーガーが上手だよ」ニッキーは母をかばって言ってからためらった。「去年の冬、バクラ……今言ってたのも、一緒に作ったし……」

「それはいいわ」アテナがあわてて言った。ニコスとニッキーはにやりとし、二人の笑顔がそっくりなのにアテナは動揺した。

「それで、ママのバクラヴァはどうだったんだ？」

「おいしかったけど、料理本の写真とは違っていたよ」ニッキーは言った。「それにオーブンから蜂蜜《はちみつ》をこすり取るのに三十分もかかったんだ」

「僕の発言は以上だ」ニコスは言って、車のドアを開けた。「さあ、子供たち、探検の時間だぞ」

　子供たちとオスカーはリムジンから飛び出した。ミセス・ラヴロスとジョーは歓迎の笑みを浮かべて歩き去り、二人の子供と二人の大人、犬一匹が童話の世界に残された。私の家族。アテナはつかの間、感慨にひたってから、みごとな建物に集中した。

　まさにおとぎの城だった。二百年前に偉大さを勘違いした王によって建造され、すべて白い石造りで、小塔や塔があり、まるで砂糖菓子のようだ。

「すごい」ニッキーは呆然《ぼうぜん》として上を見つめた。白地に青い星と黄色の線が入った旗が胸壁からはためいている。「あれはなんの旗？」

「君主の住まいを表す旗だよ」ニコスは言った。

「君主……」

「君のママさ。ようこそ鷲の巣城へ、プリンセス」

「よして……その呼び方は」

「しかたないさ」ニコスは言った。「君も認めろよ。ここは君の城。君は家に帰ったんだ、プリンセス」

　壮観だ。見れば見るほどすばらしい。子供たちは城じゅうで歓声をあげ、ニコスはやはり彼らを連れてきてよかったと思った。クリスタも一緒で。

　ニッキーはもう今朝の恐怖は忘れていた。今はおとぎの城の子供で、うしろに妹を従え、犬もいる。母親と父親もいる。少年の世界では、すべてが正しいのだ。ニコスはその興奮ぶりを見て、十年間失われていた心の安らぎを覚えた。

　アテナのいなかった十年間。彼はここに娘と母親のほかに親戚《しんせき》もいて、漁船団を築いて自分なりに成功して、もうじゅうぶんだと思っていた。

だが、そうではなかった。今、アテナと並んで子供たちと城を探検しながら、彼は自分の生活が急によくなったことに気づいた。

どうしたらそれを完璧《かんぺき》にできるだろう？

十年前、アテナは島での生活より仕事が大切だと考えた。ここの生活のすばらしさと正しさを彼女にわからせるチャンスがもう一回ある。

城は三階建てで、四階部分には〝鷲の巣〟と呼ばれる胸壁のある塔がある。子供たちは寝室を選ぶために、二階の部屋を次々に見てまわっている。

「ここが一番だ」ニッキーは巨大な四柱式ベッドがある広い寝室を見つけてささやいた。窓の両側にある甲冑《かっちゅう》まで、装飾は中世風だ。ニッキーはベッドに飛び乗り、オスカーとクリスタも続いた。そしてニッキーが天蓋《てんがい》から下がるカーテンを束ねた金色のタッセルを引っ張ると、二人と一匹は巨大なベルベットの天幕に包まれた。「僕たち、ここで寝ていい、ママ？」ニッキーがベルベットの中からささやいた。

「ね、いいでしょ？」

「ええ、たぶん」アテナは疑わしげに言った。「かなり大きいから、私と二人でも大丈夫ね」

ニッキーが驚いて顔を出した。「違うよ、ママ。僕とクリスタとオスカーっていう意味だよ」

「いいじゃないか、ママ」ニコスが横でほほえんだ。

「私は隣の部屋で寝るわ」アテナがやけになって言うと、子供たちはもっと探検しようと天蓋から飛び出した。

「選ぶなら、みんな見てからにしなよ」ニッキーが言って、母親の手を引いた。「ほかにもいい部屋があるかもしれないよ」

だが、なかった。この階には。ニッキーはすべて見て、どれも普通だと宣言した。海を見晴らすフレンチドアとテラスと大きなベッドがあるが、さっきの寝室にはおよばない。

「全員で寝ればいいよ」ニッキーは寛大に言った。

「ニッキー、私はあなたたちの隣の部屋に……」

「上の階があるよ」ニコスの言葉にニッキーは顔を輝かせた。

「そうだ、ママ、上の階があるんだ。このお城、本当にいいね。さあ、クリスタ」

子供たちは手をつないで上階に上がった。

クリスタに兄がいる。ニコスがあっけにとられて見ていると、アテナも同じ表情をしていた。

「数年かかると思ったが」ニコスは言った。

「私もまさか……」

「あの子たちも僕たちに似ているのさ」ニコスは言った。「八歳のときに出会って、すぐに意気投合した。ずっと友達でいられると」

「よして……」

「そうだろう、テナ。僕たちはまだそうなれる。君の仕事は方向転換できる。完全にやめろとは言わないが、すでに多くをあきらめているんだし……」

「よして」アテナは涙ぐみそうになった。

せかしてはいけない。彼女はここにいるんだ。時間はある。

そのとき、頭上から歓声が聞こえてきた。

「いい寝室を見つけたよ。上がってきて、ママ、パパ。早く」

ママ、パパ……ニッキーはごく自然にそう言った。

ニコスとアテナは息をのんだ。

「見に行こうか？」ニコスが言って手を差し伸べると、アテナは深呼吸してその手を見つめた。それからわざと両手を背中で組んで階段をのぼった。

二人の距離はまだ大きい。どうしたらまた信頼できるのだろう？　どうやって距離を埋められるの？

だがそのとき階段をのぼりきり、三階の寝室の前に来たので、アテナは考えるのをやめた。

三階は塔の一部で、上に向かって狭くなり、四階は隠れ場所のようになっている。塔の頂上は、胸壁ごしに島全体を見晴らす、建物の上の円形の要塞《ようさい》だ。子供のころはずっと城のこの部分を見てきた。北の高地の絶壁から生えたように見える白い塔。塔は海や島のどこからも見え、たぶん、サフェイロスやクリセイスの島からも見えるだろう。

そろそろ夕暮れだ。島は白い崖《がけ》も青緑色の山々もオレンジ色の夕日に映えて、宝石のように輝いている。眼下の海には港に向かう漁船が見える。

三百六十度、海と空の広がり。

私は世界の頂上にいるんだわ。

照明はなく、代わりに蝋燭《ろうそく》がある。数百本の蝋燭が壁の銃眼に埋め込まれているが、まだともされてはいない。夕日がさし込み、ともす必要がないのだ。

足元の絨毯《じゅうたん》は豪華だが、景色以外の部屋のポイントはベッドだ。部屋の中央に大きな島のような円形のベッドがある。キングサイズのベッド二台ほどの大きさで、真紅と銀色のアンティークキルトでできている。たくさんあるクッションも同色だ。ニッキーはすでに腕いっぱいに抱えて、クリスタとオスカーに投げつけ、クリスタもくすくす笑いながら、ためらいがちに投げ返している。

だがそのとき、ニッキーはニコスとアテナがドアのところから呆然として見ているのに気づいた。

「空を見て」彼はクリスタの手をつかんでベッドにのぼると、あおむけに寝て上を見つめた。

アテナも見つめた。そして息をのんだ。

天井は大きなガラス製のドームで、中央の塔の一部として上に張り出している。数百枚のガラスパネルが一枚の大きな窓を作っているのだ。

その窓から輝く夕日がさし込んでいるので、それまでアテナの注意は下方にそらされていた。だが今は……広大な空とすばやく動く夕焼け雲、宵の明星の最初の兆しを畏怖《いふ》の念を持って見つめた。

「これってクールだね」ニッキーはささやいた。「僕たちの部屋みたいにテントはないけど、それでも最高だよ。まるで空を飛んでいるみたいだ」

　アテナもそのたとえはわかった。この部屋だと世界の頂上にいるようで、ほとんど宙に浮かんでいるみたいだ。

「ママとパパはここで寝るの？」ニッキーに尋ねられ、アテナはすぐに地上に目を戻した。

「いいえ。私はあなたたちの隣の部屋で寝るわ」

「いいんだよ、ママ」ニッキーは鷹揚《おうよう》に言った。「クリスタとオスカーと僕は、ママがここで寝てもかまわないよ。クリスタがいればこわくないし。ママだって、パパがいればこわくないよ」

　パパ。その言葉はもう彼のものになっている。

　思わずアテナは言葉につまり、ちらりとニコスを見た。彼はなかば目を閉じ、表情は読み取れない。だがアテナは彼を知っていた。この表情を知っていた。彼は感情を出すまいと必死でこらえているのだ。

　彼は息子を求めている。ニッキーを愛している。ニッキーには父親がいるのだ。そして息子は私にニコスとベッドをともにしろと言っている。

「ニコスと私は同じ部屋では寝ないわ」アテナはそっけなく言った。

「どうして？」子供たちが二人で見つめてくる。

「テナはここで寝ればいいよ」ニコスが言った。「彼女はたぶんいびきをかく。大人はよくかくからね。もし君たちがかまわないなら、僕はいびきに悩まされないよう階下《した》の部屋で寝るよ」

「ママはかかないと思うよ」ニッキーは疑わしげだ。

「いや、いびきをかく顔だよ」

「ちょっと」アテナはおかしくて涙が出そうだった。

「いびきをかく顔ってどんな顔？」ニッキーがきく。

「鼻が太いんだ」ニコスは窓のほうを見て自分の鼻

を撫《な》でた。「君や僕と違ってね、ニッキー。僕たちは細くてまっすぐで形がいいだろう」

「私の鼻は太くないわ」アテナは叫んだ。

「ちょっと上を向いているよ。かわいいが、明らかに貴族的じゃない」

会話が急にいびきから——寝室の話から——それて、アテナはほっとした。

「僕の鼻はパパ似なの？」ニッキーは大人二人の内なる感情にはまったく気づいていない。自分とニコスとの新しい関係に夢中だった。「頭の上の毛が立っているし、船酔いもしないよね」

「だから君は真のアンドレアディス家の人間だ」

「でも僕はニコラス・クリストウだよ」

「クリストウはママの姓だ」ニコスは言った。「僕がママと結婚していたら、アンドレアディスだよ」

「クリストウがいいな」

「だろうな」ニコスは気さくに言ったが、アテナはふたたびあれこれ考えはじめていた。

クリスタ……。クリストウ……。

私はアテナ・クリストウ。ふと思いがけないことが頭に浮かんだ。娘の名前がニコスの元恋人の名前に似ていたら、マリカはどう思っただろう？

いいえ、マリカは私など脅威に思わなかったのかもしれない。どうせ昔の話よ。なのに、なぜ今もこんなに胸が痛むの？

「ねえ、今からどうするの？」ニッキーが言った。

「夕食とベッドかな？」ニコスが提案すると、ニッキーとクリスタはうつむいた。

「遊ぶ」クリスタが言って、オスカーも尾を振る。

疲労困憊《こんぱい》のアテナは思わず声をあげそうになった。純粋な体の疲労に加え、ここ二十四時間の気疲れもある。だがもちろん、ニッキーは昼寝をしたし、昨夜踊ってもいない。出かけたくてうずうずしている。

「そうだな」ニコスはアテナをちらりと見た。「まず軽く夕食をとって、寝る前に僕がクリスタとニッキーをビーチに泳ぎに連れていくのはどうかな？」

「安全なの？」アテナは思わず強い調子で尋ねてから後悔した。ニッキーの顔に恐怖の色が浮かび、あわてて彼女の横に移ったからだ。

「心配ないよ」ニコスは断言した。「ニッキー、今朝のようなことは二度と起こらない。今は見張りが島の海を監視しているし、この城の下の、僕たちだけが知っている秘密の小道沿いには、岩礁に囲まれた小さな入江がある。岩礁の内側は穏やかだし、ちょうど泳げる深さだ。魚もたくさんいる。ボートは岩礁を越えてここには来られない。だからママがいなくても、僕を信用して一緒に行けるかい？」

決めるのはアテナでなく、ニッキーだ。

「うん」ニッキーはきっぱり言って、母親の横を離れた。「パパを信じるよね、ママ？」

「え……ええ」アテナは口ごもったが、ニッキーが歓声をあげたので、それ以上言わずにすんだ。息子はこの同意を、母親がニコスを信頼するだけでなく、夕食後泳いでもいいと解釈したのだ。私なしで……。

私はともかく、ニッキーはもうニコスの家族の一部になっているようだ。

子供たちははしゃぎながら寝室を出て、塔の頂上部の胸壁への階段を上がっていく。ニコスは残った。二人が感じていることを表す言葉はない。あるいは、どちらも自分の気持ちがわからないのか。

言うべきことはあるが、どちらもどう切り出していいのかわからないのだ。

ようやくニコスがわきによけ、先にアテナを部屋から出した。

「僕と一緒なら安全だよ、テナ」横を通るアテナに彼は言い、たしかに、と彼女は思った。

そう。息子はもうニコスの家族なのだ。

そして私は……それを嫉妬《しっと》している。

10

夕食は形式張らず、城の奥の古めかしい厨房《ちゅうぼう》でとった。古い敷石、部屋じゅうを暖める古いストーブ、フックにかけられた銅鍋《どうなべ》、梁《はり》からつりさげられたラベンダー。開かれた窓からは波の音がする。

「何年も人の手が入っていないとは思えないわね」アテナが言うと、ミセス・ラヴロスがうなずいた。

「手は入っています。ギオルゴスが来なくても、私たちはここが好きでしたし、いつかあなたが帰国するとわかっていましたから」

「そして君は今、帰国した」ニコスはアテナにグラスを掲げた。「我らがプリンセス・アテナに乾杯。彼女の統治が長く続きますように！」

「そんな……無理よ……」アテナはとまどい、息をのんだ。彼はなにを言っているの？　「アメリカに戻るんだもの」

「まだだよ、ママ」ニッキーが言った。その声は……おびえているようだ。

無理もない、とアテナは思った。息子は今では島を出るのがこわいのだ。彼にとって唯一安全な場所は……ニコスのそばなのだから。

アテナがちらりと見ると、ニコスが物思わしげにこちらを見ていた。

「君は去れないよ、テナ」

それに対してなんと言えばいいだろう？　アテナはなにも思いつかなかった。

「つ……疲れたわ」彼女はどうにか言った。「お料理をごちそうさま、ミセス・ラブロス。おいしかったけど、本当に疲れたの。ニッキー、泳ぎから戻ったら、話をしに来てね」

「君は眠っているよ」ニコスがひやかした。

「ニッキーの無事を確かめるまで眠らないわ」アテナは言ったとたん、なぜか泣きたくなった。

　私の統治が長く続きますように？

　その言葉は彼女が今座っている場所からは、ひどく寂しげに聞こえた。


　アテナは眠らなかった。大きなベッドに横になり、広大な空を見あげていると、自分が誰か忘れてしまいそうだ。私は何者でもない。途方に暮れた卑小な存在。実際、今はこれまで以上に困惑していた。

　そのうえニコスが……子供たちが窓の下のビーチで遊んでいるときに、どうして眠れるだろう？　彼女は起きあがって窓辺に行った。崖《がけ》を照らす投光照明のおかげで、小さな入江は昼間のように安全だ。大波が岩礁で抑えられるので、水も穏やかだった。

　クリスタはゴムのサーフマットを握り、浅瀬に浮かんでくすくす笑いながら、父親がニッキーにサーフィンを教えるのを眺めていた。ニコスは自分のサーフボードを出し、すでにニッキーに波のとらえ方を教えている。

「波が来たら、波と同じくらい速く手で漕《こ》ぐんだ」ニコスの声がアテナのいるところまで聞こえた。

「さあ、いい波が来たぞ。漕げ、漕げ！」

　波に乗ると、ニッキーは必死に踏ん張って砂浜まで波に運ばれた。「やったよ、やった！」少年は歓喜して浅瀬で立ちあがった。

「明日には膝立ちできるようになるよ」ニコスは言った。「そして週末にはボードに立てるだろう」

　もうじゅうぶんよ。アテナはベッドに戻ると、横になってガラスに映った自分を見つめた。

「ニッキーにはパパが必要なの」彼女は木星に――それとも金星？――告げた。「あの子はここに残るべきなのよ。そして、あなたには彼のパパが必要だわ」そう。彼女は星と話していた。星と人生の意味を話すのもいい。「残るためには、私が彼を信用しないと」もうどちらでもいいわ……。彼女は金星に告げた。「私は彼を信頼していると思うけど」でも彼女は――または金星は――嘘《うそ》をついていた。

信頼していないかもしれないけれど、愛している。それが唯一の真実だった。私は八歳のときに心を奪われたまま、取り戻せないでいる。でも、あの手ひどい裏切りで……だからといって、彼への愛が冷めたわけではない。絶対的に信用していたために、心の一部が壊れてしまっただけだ。

アテナが自分の体を抱き締めると、金星は同情するように雲の陰に隠れた。それでもまだ無数の星があり、すべてが彼女と話したがっている。

この部屋では眠れそうにない。

では、どこで？　ニコスや子供たちと同じ階で？

「彼らは一緒。私は一人」アテナはささやいてから、どうして自分を哀れんでいるの、と思った。

入江からは笑い声が聞こえてくる。彼女はベッドから出て、バルコニーに戻った。

三人は、子供のころアテナがニコスと遊んだ、体に砂をつけ合うゲームをしていた。やがて砂まみれになった子供たちを、ニコスは追いかけはじめた。

子供たちがきゃあっと歓声をあげた。夕暮れのビーチは……。アテナはいつも夕暮れはもっとも魅惑的な時間と思っていた。今は息子がここで、そのことを学んでいる。パパと一緒に。

ニッキーは走りまわった。クリスタはずっとつかまえやすいが、ニコスは同じくらいつかまえにくいふりをした。ついに両腕に一人ずつ子供を抱えると、砂を洗い落とすためによろよろと波打ち際に向かった。オスカーも後方からうれしそうに吠《ほ》えている。

そしてふいにアテナは泣いていた。

ビーチから顔を上げたニコスがそれを見た。

彼は動きをとめた。足元の浅瀬で、子供たちは歓声をあげて水遊びをしている。だが、ニコスはじっと立ったまま見つめた。

そして、どこからともなくアテナの心に、彼がよく口にしていた言葉が聞こえてきた。

〝君もどうだ？〟

いちかばちかやってみられる？　十年前のことを忘れられるの？　前に進める？

早すぎる。あまりにも早すぎる。

まずこの女々しい涙をぬぐわなければ。

アテナは背を向けて部屋に入りかけた。

「テナ！」ビーチから叫び声がした。無視すべきだ、と思いながら、アテナは振り向いた。

彼はまだ見ている。

「君もどうだ？」彼が叫び、アテナは、はっとしてあえいだ。この人はなんなの？　どうして私の心が読めるの？　私が愛していることもわかるの？

アテナは踵《きびす》を返してベッドに戻った。とまどい、星たちを求めて。無数の星と話をしたら、ひょっとしたら答えが出るかもしれない。

出ないかもしれないけれど。

彼女は仕事のために僕を捨てた。

彼女には仕事があり、それなりに成功した。それでじゅうぶんじゃないか。ここに残るように僕は彼女を説得できるはずだ。

ニコスは浅瀬に立って、アテナがバルコニーから室内に戻り、フレンチドアを閉じるのを眺めた。

彼女は間違いなく泣いていた。

「ママはよく泣くのかい？」ニコスは男どうしで女性の話をするように、気さくにニッキーに尋ねた。

「僕が眠っていると思ったときだけね」ニッキーが告げた。

「じゃあ、ママは夜泣くんだ」

「僕は知らないことになってるけど」ニッキーは言った。「たまに朝、ママのベッドにもぐり込むと、枕《まくら》が濡《ぬ》れてるんだ」

「どうしてママは夜、悲しくなるんだと思う？」

「昔は寂しいからだと思ってた。でも、僕もオスカーもいるでしょ。ただ、今はここのことを知って……」ニッキーは立って周囲の楽園を見つめた。

「今はきっとパパが恋しかったんだと思うよ」

「恋しいって……この島がってことかい？」

「ママは場所やものは重要じゃないって言うよ」ニッキーは言った。「重要なのは人だけだって。だから、やっぱりパパが恋しかったんだよ」

　ニコスが子供たちを連れて入江から戻ると、ミセス・ラヴロスが二人を風呂に入れてベッドに行かせた。ニコスはニッキーが母親を恋しがると思った。だが、二人は話し合い、アテナは泳ぎたくないほど疲れているのだという結論に達した。それなら、自分がクリスタとオスカーと眠れば、母親をわずらわせることもないとニッキーは自分で決めた。

　そこでニコスが天蓋《てんがい》付きベッドの横に座って物語を読みはじめたのだが、ニッキーは異議を唱えた。

「本がかばんに入っているよ」彼はニコスに言った。「いい本だよ。ママは僕に読ませてくれるんだ。だから僕が読んでもいい？」

「いいとも」ニコスは座って、息子が娘にお話を読んで聞かせるのを見守った。その光景には心を乱されずにいられなかった。泣くのはテナだ、と彼は自分に言い聞かせた。真の男が泣くものではない。

　では、真の男とは？

　ニコスの父親は真の男だった。ニコスが十二歳のとき心臓発作で亡くなったが、彼は父親が大好きだった。

　父親もニコスを愛し、誇りに思っていた。父親を亡くして何年もたつが、その愛は今も忘れない。
〝私になにかあったら、母さんを頼むぞ、ニコス。母さんは私の命の光だ。おまえと母さん……おまえたちが私の心のすべてなんだ〟

真の男には家庭があり、家族を堂々と愛する。家族を守るためなら、どんな恐怖にも立ち向かう。

両親は大喧嘩《おおげんか》もしたが、ニコスをこわがらせることはなかった。最後はいつもいらだちまじりの笑いと抱擁で終わり、父親は言った。〝母さんはどうしようもないやつだ。こんな女と、どうして暮らせる？〟それから大きなロブスターを料理し、ワインの栓を抜いて、母親が嫌いな音楽を大音量でかける。

そして両親は踊り、ニコスは寝かされるまで眠くても満足してそれを眺めるのだった。

だから……なんだ？

僕とテナの間には……どんなロブスターでも埋められないほど大きな溝がある。

だが、ずっとあの裏切りを気にするのは……。

父なら、こう言うかもしれない。〝十年前にテナが去っていったからといってなんだ？ 息子がいることを教えなかったからって？ きっとおまえの行動も彼女を傷つけたはずだ〟

彼の行動は弁解できない。それなら彼女に彼女自身の行動を弁解させるのは公平なのか？

僕がすべてすんだことだと言えばどうだ？ 家族になることに向けて前進したら？

二人の子供と犬、そして妻に向けて？

十年前、結婚を申し込んだら、彼女は泣いて喜んだ。しかし状況は変わった。彼女はもう僕を信頼していない。もし今申し込んでも……それは王位のため、僕が統治を望んでいるからだと思うだろう。

実際、そうなのかもしれない。結婚すれば、僕は彼女を守れる。すぐにデモスを阻止できる。僕自身も統治者になるからだ。

どうして彼女に結婚を申し込めるだろう？

クリスタはもう眠っていた。ニッキーは本を読みつづけたが、声はつかえぎみになっている。ニコスはニッキーの手から本を取りあげると、寝かしつけて、おやすみのキスをした。

こんなささやかなことが大きいのだ。

どうしてテナに結婚を申し込める？

おまえにできるか？

ニコスは寝室を出てドアを閉めた。振り返ると、テナが物陰から彼を見ていた。

彼は動きをとめた。「やあ」用心深く声をかける。「君はもう寝たと思ったよ」

アテナは寝支度を整えていた。床丈の淡いブルーのガウンを着ているが、足は裸足《はだし》だ。巻き毛はもつれている——眠ろうとしていたのだろうか？

「あなたのことばかり考えつづけて、どうして眠れるの？」彼女はつぶやいた。

「それじゃ悪夢を見るだろうな」

アテナはほほえもうとしたが、微笑は目に届かなかった。「ニコス……」

「塔にのぼろう」ニコスは言って、手を差し出した。

アテナはその手を見つめてから、手を重ねた。

小さな一歩だ。どうして胸が高鳴るんだ……。

だが、ニコスの心臓はどきどきしていた。まずい、これは面倒だ。

〝おまえにできるか？〟

彼は先に立って階段をのぼり、アテナの寝室に通じる踊り場まで来ると、すばやく彼女を先に行かせた。あの部屋と向き合うのはまだ早い。

塔は島全体を俯瞰《ふかん》で眺めるために造られていて、のぼるにつれて狭くなる。ニコスはいやでもあとをついていかざるをえなかった。二人の手はまだゆったり握られているが、できればアテナを抱いてのぼりたいのが本心だ。

彼女はガウン姿で、冷たい石を素足で踏んでのぼっていく。僕が抱けば足も冷たくないのに。

だが、ニコスは気がつくと息をとめていた。答えの必要な質問がいくつもあり、その多くはすぐに解決されるはずだ。

せかしてはいけない。抱いてのぼれば、アテナはうろたえるかもしれない。それはぜったいにまずい。

やがて二人は頂上に着いた。中央ドームを囲む胸壁として造られた円形の散歩道だ。ニコスはドームのことは考えたくなかった。テナの寝室の天井だ。

周囲には暖かな地中海の夜が広がっている。東の空の低い位置にある月が、ゆっくり星空をのぼっていく。頭上には銀河。その先も星が並んでいる。

「昔は星を数えたな」ニコスがやさしく言うと、握られたアテナの手が緊張した。

「昔はこわかったわ。自分が小さく思えて」

「今も小さく思えるのか?」

「昔より小さく」アテナはささやいて、うしろにいるニコスに寄りかかった。

西にはダイヤモンド諸島最大の島サフェイロス、北にはクリセイス。二島の明かりが神秘的に、招くように夜の闇《やみ》にきらめく。家の近くには停泊している船の明かりも見え、山あいにはコテージの小さな明かりが広がる。そして遠くには宮殿の明かりも。

「これは君のものだよ、テナ」ニコスは彼女の髪にささやいた。「君が好きに統治できるんだ。僕たちがずっと夢見てきたことが今実現した。もう君は去れないよ。これは君の生得権、相続物……」

「務めなのね」アテナはささやいた。その声には初めて、かすかな受容の響きが聞き取れる。「ニコス、私一人ではできないわ」

「一人でする必要はないよ、プリンセス。僕がいつもそばにいる。君が仕事を延期すれば……それが君にとって大事なのはわかるが……」

「仕事は大事じゃないわ」

一瞬、ニコスは聞き違えたかと思った。アテナは今では彼に身をあずけ、ぴったり背筋が胸板に触れている。世界一美しい女性。僕のテナ。

だが、彼女の体のことは忘れて、考えなければならない。彼女に触れて自分が興奮していることも。

「つまり……仕事はもう大事じゃないということかい？」ニコスは用心深く尋ねた。

「昔からよ」そしてアテナはしぶしぶのように体を離すと、振り向いて手すりにもたれた。「誤解しないで。私はずっと物書きになりたかったわ」彼女は言った。「たぶんこれからも。十二歳のときは事件記者、次は詩人になりたかった。母が亡くなったころには、島の歴史を書いて、ギオルゴスの堕落をあばきたかったわ。自分が書くことで世界を救いたかった。でも、そのあと……」

「ニューヨークのファッション雑誌の見習いの仕事の誘いが来た」

「違うわ」アテナは緊張して言った。「仕事が決まったの。有給の。二週間後からマンハッタンで仕事を始める段取りがついていると言われたのよ。住む家は会社もち。片道の航空券と一年分の生活費を渡され、島を出て二度と戻るなと言われたのよ」

ニコスは信じられない顔でアテナを見つめた。

「誰に？」きくまでもなかった。

「ギオルゴスによ、もちろん」アテナは言った。

「だが、君はそれを受ける必要はなかった」

「そう思う？」

「断ることもできたはずだ」

アテナは首を振り、悪夢を思い出してふたたび恐怖を感じたように目を閉じた。

「あなたは成功しかけていたわ」彼女はささやいた。「お父様を亡くして以来、あなたは漁業で家計を支えるために必死で働いた。そして仕事が軌道に乗りはじめたのをギオルゴスは恐れたのよ。あなたは彼の妹の息子、直系の王族よ。そのあなたがお金をもうけはじめて私に求婚した。もし私が国王の妹の息子と結婚すれば、両者に継承権ができるわ。地元の人がよく知り、信頼する二人の人間に。ギオルゴスは島民がそむくのを恐れたの。彼は私が命令に従わなければ、港のすべての船を爆破すると言った。人が乗っていてもかまわないと。そしてあなたとお母様を島から追い出すと言ったの。阻止したいのなら、私が島を出ろと。それで……私は去ったのよ」

「テナ……」ニコスが歩み寄ったが、アテナはよけるように両手を突き出した。

「いいの。怒っても無駄よ。今さらなにをしても」

「言ってくれれば……」

「言ったら、あなたは……ばかなことをしたわ」アテナはささやいた。「私のヒーロー。私のニコス。私のためだとあなたの怒りは限りがないとわかっていた。私は彼がこわかったのよ。あなたとお母様のために。だから去ったの。あなたが追ってきてくれれば……と思ったけど、ばかだったわ。あなたには島を去れない事情があったのよね。それでニューヨークで働きはじめて数カ月後に妊娠がわかったの。幸い、いい家主が見つかって。ニッキーが生まれる直前まで働いて、二カ月で復職したわ。それからずっと働いているの。だから……」彼女は深呼吸した。

「そう、私は仕事を誇りに思っているわ。自分とニッキーを養ってきたことを。多くは楽しくさえあった。でも仕事のためにすべて犠牲にしたとは言わないで、ニコス。それは違うし、今夜で……過去は終わらせたいから。過去を忘れ、前に進みたいから」

「テナ……」それは苦悩のうめきだった。

　彼はここからどこへ行けばいいかわからなかった。アテナの経験したこと。彼女は僕のため、みんなのために、愛情から行動したのだ。

「よして」アテナは両手でニコスの顔を包んで引き寄せた。「すんだことはすんだこと。十年前のことは考えたくないわ。ただわかるのは、あなたがまた私の人生に戻ってきたことよ。前と同じく、私はそのサインを見間違えているの？　そこにいるのはあなた？　私が知っていると思ったニコス？　勇気を持って私を愛してくれたニコスなの？」

「勇気を持って……」

「勇気を持って」アテナはささやいた。「ギオルゴスを恐れて、ほかの島民がみんな私を避けたときに、あなたは私の友人でいてくれた。そして私を愛してくれた。そのあと起こったことは知らないわ。知りたくもない。ただわかるのは、私は今愛する故郷に戻り、世界の誰よりも好きな男性と一緒にいるということ」彼女はためらった。「そしてここで過激なことは言いたくないけど、もしあなたがキスしてくれなければ、私は激怒するか、屈辱で死ぬか……」

もうじゅうぶんだ。ニコスはぐいとアテナを抱き寄せた。彼女は身をゆだね、唇を重ねてキスを深めた。そしてニコスは夜が消えて満天の星空になるほどの、すばらしい気分をふたたび味わった。

テナ。僕のテナ。以前のように信頼してくれる。クリスタの誕生やマリカとの結婚がもたらした傷や悲しみを理解し、前進してくれる。真実を知らなくても許してくれる。

ああ、どれほど彼女を愛していることか。

ニコスは少し体を離して彼女の顔の表情を読み、そこに見えたものに胸がよじれそうになった。

その目はまるで僕を愛しているようだ。

私は彼を愛している。ぜったい愛しているに違いない。あの一度の裏切りは例外で、私のニコスではない。私がかつて知っていたニコスが、あんなことをするはずがない。仮にしたとしても、今私にキスしたニコスは二度とそんな裏切りをするはずがない。

でも今はもうどうでもいい。ニコスはここにいて、暗くはかり知れない目で私が言うのを待っている。私が言う必要のある言葉を。

さあ、言いなさい。言うのよ。

「その……ここは鷲《わし》の巣城でいちばんロマンティックな場所よね？」アテナはどうにか言った。

「違うよ」ニコスは言った。「ここは石と手すりと眺望のある場所だ。それが欲しいならそれでいいが、もしもっと欲しいなら……」

「もっと欲しいなら？」

ニコスの黒い瞳になにかがひらめいた。驚き？　笑い？　いいえ、なにかもっと深いものが。

「それをあげるよ」彼はやさしく言った。「だが、僕は過去に君をひどく傷つけた」

「そうよ」

何年も前に私はこの人に恋をした。彼はその愛を手ひどく裏切ったけれど、私は前進して生活を築いた。彼からも島からも自立したのだ。

でも今は……昔のように信頼したい。無邪気さを取り戻したい。ばかな考えだけれど……。

「たがいに信頼できるようになると思うかい？」ニコスはまるで彼女の考えを読んだかのように尋ねた。

「今さら？」

「君は僕の息子を産んだ」彼は落ち着いて言った。「一人で産むのはさぞ大変だっただろう。君が僕に連絡できず、息子の存在を教えられなかったと考えるのは耐えられない。だが今は……ほかにも耐えられないことがある。たとえば君が去るという考えとか。君は昔フリーの記者を夢見ていた。ここでそれをする方法はないのかい？」

「あなたがもっとニッキーと過ごせるように？」

ニコスは両手をアテナの肩にのせて彼女を見た。

「たしかに息子は欲しい」穏やかだが確信を持って、彼は言った。誓いのように。「ニッキーは僕の息子だし、今からは僕が父親になるつもりだ。だが僕は君も欲しい。テナ、もし僕が事情を知っていたら……」

「もうどうでもいいわ」今夜は。今夜は私のもの。私の夢の時間。歴史は繰り返さなかったし、私は今ここに身をゆだねる。

それはニコスも同じだった。

「十年前は忘れるのが一番だ」ニコスはささやいてアテナを引き寄せ、抱擁した。「少なくとも、今夜は」そして彼女に長く激しい口づけをした。アテナが十年待ち望んだ、永遠に続けたいキスを。

こうして十年は消え去った。彼は私のニコス。私のもの！　そして私は彼のものなんだわ。

キスが終わると、二人はそれこそが不変の真実なのだと知った。

「僕のベッドに来るかい？」ニコスはふるえる声で尋ねた。それから大好きな笑いが戻った。「それとも……君のベッドへ？」

「ここにはじゅうぶんな星がないの？」

「真剣な観察者にはね」ニコスは言った。そしてあのいたずらっぽい笑い声が戻った。「星を数えるほうが羊を数えるよりいいよ。つまり、ほかにすることが思いつかないなら」

ここはまじめでいなければ。笑いはだめだ。

「前回あなたの提案することをしたとき、ニッキーができたのよね」アテナはふるえる声で言った。「だから年をとって賢くなった今は、もう少し準備ができている」

「準備ができている？」

「ああ」ニコスはアテナをふたたび引き寄せて、まぶたにキスをした。

「私もよ」アテナはささやいた。

　キスが終わり、ふたたびアテナの体は離された。ニコスの顔にはぼんやりと驚きの色が浮かんでいる。

「今聞いたことは空耳じゃないよね？」

「この十年のことは忘れるかもしれないけど」アテナは笑いはじめた。「忘れられないことがいくつかあるの。ニッキーの誕生後ドクターにされたお説教とか。もし私が避妊具なしにふたたびあなたに近づくと思うなら、あなたは私の思う男性じゃないわ、ニコス・アンドレアディス」

「僕のテナ！」そして笑い声が戻った。初めて会ったときから二人の間に燃えるすばらしい笑い声が。

「笑わないで」アテナは言ったが、彼の喜びに思わず自分も笑っていた。

　今夜この男性は私のもの。出会った日から今までずっと彼は私のものだった。私は彼の息子を産み、ずっと心に彼を抱いてきた。

「笑ってないよ」ニコスは言い、それは本当だった。笑いは変わっていた。彼は今、夜のように暗い瞳、見たこともないほどやさしく、うれしそうな表情でアテナを見ている。

　未来への希望の表情で？

　それだわ。そう思いながら、アテナはニコスに身をあずけた。ニコスは彼女を抱きあげて階段を下りると、全方向に海や島々が見晴らせる広い寝室に行き、ベッドにそっと横たえた。国王用の大きなベッドにはやわらかな羽毛枕が高く積まれている。ニコスはカーテンを次々に引いて、島々や海など外界の眺めをさえぎった。空以外のすべてを。

　彼は一本ずつ蝋燭《ろうそく》をともし、夢の男性を待つアテナの横たわる場所へ来た。

　ニコスがシャツを脱ぐと、アテナはうっとり眺めた。心から愛する人。今なら喜んで死ねる。

　彼女もガウンのボタンをはずしはじめると、ニコスの暗い瞳が情熱で輝いた。すでにシャツを脱ぎおえていた彼は、アテナが脱ぐのを手伝った。

そしてガウンが脱げると、ニコスは両手をネグリジェの下にすべり込ませてアテナの胸をおおい、彼女は純粋な幸福感、純粋な喜びで叫びたくなった。

そして彼女がネグリジェを下へ下ろしはじめると、ニコスはそれを手伝いながら愛撫《あいぶ》やキスをし、彼女の全身を燃えあがらせた。

ニコス。私の最初で最後の恋人。ニコス……。

二人とも一糸まとわぬ姿になった。彼はアテナと並んで枕の山に身を沈め、彼女を腕に抱き締めた。

体と体、肌と肌が触れ合う。なんともエロティックな感覚だった。長年の悲しみが薄れて消え、子供たちも、島も、責任も、すべてが消えてなくなった。

存在するのはこの男性と、この愛と、この夜だけ。

ニコスだけ。

アテナが目を覚ますと、彼女がこの十年住んでいた世界は消えていた。これは空想、おとぎばなしだわ。いつかは終わるだろうけれど、今はありがとう、ここが私本来の場所よと言えるほどわがままな気分になれる。現実に戻ってもずっと忘れないように、すべての貴重な瞬間を胸に刻みつけなければ。

今、彼女は心から愛する男性の腕の中に横たわっている。頭は用心しろと叫ぶけれど、気持ちは報われたようだ。ニコスは十年前のように愛してくれる。でも、今の彼は大人。ビジネスマンであり、島の人々の王子、恋人であり、強さと笑いとやさしさを兼ね備えた、希望と驚きに満ちた男性だ。

彼は私のもの、私は彼のもの。今はたがいの体の歓《よろこ》びに歓喜し、たがいのまなざしに浸る恋人同士。

そして愛し合っている場所は夢そのもの。

「このガラスは一方からしか見えないといいな」愛の行為の余韻の中でニコスがつぶやいた。「でないと、鴎《かもめ》がショックを受けたかもしれない。ここを飛行禁止区域と宣言すべきかな？」

「そしてそれを施行する？」

「僕にはできない。法令変更は君の仕事だ」

アテナは忍び笑いをもらした。

だが、そのとき……ドアの外からも忍び笑いが聞こえた。二人分の。

「まいったな」ニコスはうめいた。アテナは上掛けの下にもぐり込み、ニコスがズボンをはいてシャツを着ているときに、三つの小さな顔がドアからのぞいた。子供二人と犬一匹。オスカーは喜んでベッドに飛び乗り、ニッキーとクリスタもそれに続く。呆《ぼう》然《ぜん》とするアテナをニッキーとクリスタは抱擁し、オスカーはみんなの顔をぺろぺろなめる。

私の家族。アテナは家族に抱擁を返しながら、ニコスをうかがった。その顔は同じ思いを映している。

いいえ、私の家族じゃない。

私たちの家族だわ。

「二人とも、ここで寝たの？」ニッキーが尋ねた。

「安心してくれ、ママはいびきをかかなかったよ――そんなに」ニコスは寛大に言った。「僕はベッドのこちら側、ママはあちら側に寝たし、枕を高く積んだら、いびきは抑えられたよ」

「まあ」アテナは一瞬子供たちと犬から離れて、ニコスに枕を投げつけた。子供たちに裸と気づかれないよう毛布を握り締めていたわりにはうまくねらったが、ニコスはよけず、枕はもろに胸にぶつかった。

「やった」ニッキーは言い、すぐに枕が四方八方から飛び交いはじめた。

私の家族。私たちの家族。

裏切りは過去のことよ。アテナはぼんやり思いながら、自分も枕を投げていた。今は……今。

魅惑の期間は三日三晩続いた。

アテナは質問しなかった。ただその瞬間を生きていた。そのようすを見て、ニコスは思った。彼女は今にも奪われるのではないかと恐れるように、子供たちや僕を必死でつかまえているのだと。

どこか城の外でデモスがまだたくらみをめぐらしている。それはたしかだが、アレクサンドロスが僕のために働いてくれている。僕の仕事はここに家族をとどめ、脅威が去るまで守ることだ。

それはつらい務めではなく、魔法そのものだ。

僕には子供たちとアテナがいる。アレクサンドロスがなにをおいても脅威を取り除いてくれるから、ここでの時間は僕たちのものなのだ。

しかしもちろん、現実がついにじゃまをした。

ニコスは三日目に弁護士たちが来るよう計画していた。「宮殿に戻る前に解決すべきことがある」

「まだ……未解決のことがあるの？」

「島の問題がまだ解決していない」ニコスはアテナの鼻にキスをした。「だから明日は弁護士に会う」それから彼はためらった。「テナ、長く退屈な日になるし、母がニッキーとクリスタを連れていけるかと言っている。安全だよ。デモスは君たちの一人だけ傷つけても得はないし、念のためにジョーを同行させるから。ニッキーは行きたがると思うかい？」

「きいてみるわ」アテナは言った。そしてニッキーにきいてみると、おばあちゃんのアイデアは最高だと答えた。

アニアが屋根のない旧式のランドローバーで迎えに来ると、ニッキーはさらに最高だと考えた。そして二人の子供たちはオスカーを連れて車の後部座席に乗り込み、にこにこ顔で走り去った。

アテナとニコスにとって、その日は子供たちほど楽しめそうになかった。戴冠《たいかん》式の日取りを発表する必要があるが、その前に目がまわるほど多くの書類を読んでサインしなければならない。正当な即位を保証する捺印《なついん》書や契約書には圧倒される。

　でも子供たちが幸せなのはいいことだわ、とアテナは思った。息子とクリスタがアニアのキッチンテーブルに座っている光景が目に浮かぶ。二人は安全だ。そしてニコスがここにいて、ともに契約書に目を通し、退屈さを軽減してくれる。

　家族がいるべきところにいる。一日二日退屈でも平気だわ。それに書類にサインしたあとは……アニアは夕食まで子供たちをあずかると言ってくれた。つまり、夕方ずっとニコスと二人で過ごせるわけだ。

　アテナはもう城の下の入江のことを考えていた。人目につかないビーチにニコスと二人だけ。

　彼女がサインしていた書類から目を上げると、ニコスが見ていた。そして彼女は頬を赤らめた。

　ニコスはにやりとし、彼女の頬はさらに紅潮した。

　今サインしているのは最後の書類だ。弁護士たちは笑顔で書類を片づけはじめている。

　そのとき、ニコスの携帯電話が鳴った。

　耳を傾ける彼の顔が青ざめた。すぐにアテナは彼のそばに行った。「いったい……どうしたの……」

「母からだ」彼は言った。「子供たちが……デモスが子供たちを誘拐した」

　ニコスはアテナの手を握ると、城の階段を駆けおりて、正面に駐車されたリムジンに向かった。残された弁護士たちはショックで言葉もなかった。

　アテナが運転する間、ニコスは携帯電話を使って大声で指示し、それからアテナに状況を説明した。

「母は子供たちがいる間に病気の隣人の夕食を料理した。子供たちは遊んでいるし、五分もあれば隣家に料理を届けられると思った。子供たちは庭に、ジョーは家の中にいた。ジョーは一瞬子供たちから目を離しただけだ。家の下の入江から悲鳴が聞こえて初めて、トラブルに気づいた。駆けつけたときには、子供たちの姿はなかった」

「本当にデモスなの？」アテナは尋ねた。

「ジョーが見た」ニコスは声をつまらせた。「子供たちを二人ともボートに乗せたところを――君たちを襲おうとしたあのボートだ。今、サフェイロスのアレクサンドロスに電話した。彼にはヘリコプターがある。ここなら安全だと思ったんだが。まさか……」

アテナはニコスを抱擁したかった。運転しつづけなければならないが、車をとめて彼を抱き締め、慰めてやりたい気持ちを抑えるので必死だった。

彼は私の愛する人。過去になにがあったとしても、ニコスは私のもの。私は彼のために闘うのだ。子供のために闘うのと同じように。いいえ、子供たち、私の家族のために。

11

アニアは青ざめた顔で涙ぐみ、キッチンに立っていた。二人が入ると、彼女はまっすぐニコスに抱きつき、胸ですすり泣いた。その後ニコスから離れてアテナを抱擁したところへ、悄然《しょうぜん》としたジョーが入ってきて、抱擁の輪に加わった。

家族。恐怖のさなかにも、ここには慰めがある。

抱擁はすぐ終わった。大事なことがたくさんあって、感傷にひたっている暇はない。それでもアテナは落ち着いた。今は得られるところで慰めを得よう。

そのとき、ジョーに呼ばれたさらに多くの男たちがキッチンに入ってきた。大男たちはみな決然とした、しかつめらしい顔をしている。

アテナはニコスを抱き、ニコスはアテナを抱いた。誰が誰を支えているかはどうでもいい。二人は一つになって、危機と向かい合っていた。

しかし、するべきことはない。望みはアレクサンドロスとヘリコプターだけだ。パワフルなボートをさがし出せるスピードがあるのはそれだけなのだ。

アテナは必死で考えようとしていた。パニックに襲われたとき、どのように考えればいいの？

「デモスは……二人をどうするかしら？」アテナはどうにか部屋の人々に向かって言い、言葉では言い尽くせない思いが伝えられた。アニアは悲痛なすすり泣きの声をあげ、ふたたびニコスに抱擁された。

しかし、アテナはそんなふうに考えてはいなかった。アニアの頭ごしにニコスと目を合わせると、彼の恐怖がわかり、なぜか気持ちが落ち着いた。

「彼は二人を傷つけはしないわ」アテナは言った。

「故意には。そう、ニッキーと私を襲おうとしたけれど、あれは私たち二人をねらい、事故に見せかけようとしたものよ。今、二人を傷つけて、彼の失うものを考えてみて。彼は姿を見られているわ。もし二人を傷つけたと知れれば、とても王座など望めない。それに、彼が私の息子に手を出したら、この世界に隠れ場所はないわ」それでも彼女は困惑顔で首を振った。「わからないのは、どうやって二人をボートに乗せたかね。ボートには彼だけだったの？」

「はい」ジョーは言った。「僕が見たときには、二人をボートに乗せていました」

「彼がクリスタをつかまえ、ニッキーは一緒にいようとしたのかもしれない」ニコスが言った。「叫んだのはニッキーか？」

「はい」ジョーは言った。「彼の悲鳴がここから聞こえて、ビーチに着いたときもまだ聞こえました」

「もしデモスがここに来て、二人をつかまえたのなら……なぜニッキーはここで叫ばなかったんだ？

そうしたら君にも聞こえたはずだ」

　ジョーは返事をしない。

　ますますわからなかった。アテナは我が子をよく知っている。「あなたに気づかれずにデモスがここに来て二人をつかまえる……そしてボートに乗せる……彼はニッキーを抱いていたの？　なぜあの子は飛びおりなかったの？」

「わかりません。たぶんデモスに縛られていたのではないかと。僕には見えませんでした」

「彼は王位を譲るよう君をゆすろうとするだろう」ニコスは言った。

「そうね」だが、アテナは落ち着いていた。話を聞いて、パニックはやわらいでいた。「そして私たちに連絡をとるはずだわ。とにかく待たないと」

　しかし、ニコスの顔はまだこわばっている。

「クリスタは心臓が弱いんだ」彼は力なく言い、そこににじむ恐怖をアテナは感じた。ふだんは恐れを知らない恋人が、娘に迫る脅威にふるえている。「薬をのまなければならない。もし見つからなければ……」

「彼にはクリスタは渡さない」アニアが激しい調子で言った。「彼は決してあの子を愛さない。ああ……」

「大丈夫だよ、母さん」ニコスは母親の恐怖を前に、落ち着きを取り戻した。「デモスにクリスタは不要だ。それにテナの言ったとおり、二人を傷つけることはできない。とにかくさがそう」

　オスカーはテナの足元にいた。ニコスが母親を抱き締める間、彼女は膝をついて犬を抱擁した。「どうして彼を噛《か》まなかったの、オスカー？」

　返事はない。

　アテナの恐怖は少し薄れた。この脅迫は未遂に終わるに違いない。しかし混乱した頭の中で、彼女にはさらに疑問がわいていた。さっきアニアはなんと言った？〝彼にはクリスタは渡さない。彼は決してあの子を愛さない〟

どうしてデモスがクリスタを欲しがるの？ 私にはわからない暗示がなにかある。

アテナが体を起こすと、ニコスの腕が腰にまわされた。彼は私以上に恐れているのだ。クリスタの心臓はどれほど深刻な状態なのだろう？

今は尋ねるときではない。今できるのは待つことだけ。そして待つのはなによりつらいことに思えた。

「コ、コーヒーをいれるわ」アニアはそう言いながらもハンカチで顔をおおった。そのときニコスの携帯電話が鳴り、彼は開いて耳をすました。

部屋じゅうが注視する中、やがて彼は電話を閉じて顔をしかめた。

「アレクサンドロス本人がヘリを飛ばしている」ニコスは考えながらゆっくり告げた。「今の電話は彼からだ。デモスと子供たちはたしかにボートにいて、二人とも無事なようだ。だがアレクサンドロスによれば、ボートは停止し、島の北端の八百メートル沖に浮いている。燃料切れだろうということだ。僕たちが行くまでアレクサンドロスが待機している」

ニコスは深呼吸して続けた。

「僕のモーターボートを使おう。大きな船より速い」彼はきびきびと言った。「さあ、行こう。わかりしだい、僕が無線連絡する。君たちは大きな船で僕たちのあとを追ってくれ」

彼はアテナの手をつかみ、二人は出発した。

目的地までは十五分だ。モーターボートで飛ばし、うねりを激しく切り裂いて十五分。

もしデモスがふたたびエンジンをかけたら……。

あるいはボートが転覆したら……。

アテナがちらりと見ると、ニコスの顔は死者のようにこわばっている。子供たちを、島を守るためなら、彼はなんでもするつもりなのだ。
私を守るためなら……。

　そのとき突然、船とともにアテナの考えもゆらぎ、現在の恐怖を乗り越えた。

　彼は私を裏切った。あるいは私はそう思っていた。でも……舵《かじ》をとる彼やその目の奥の陰りを見るうちに、裏切られた思いはようやく吹っ切れ、残ったのは彼が高潔であるという認識だけだった。

　ニコスは十二歳のときに父親を失った。彼は父親と一緒に船にいた。父親は心臓発作を起こし、十二歳のニコスがなんとか漁船を港に戻したときには、父親は亡くなっていた。

　その日から彼は少年には重すぎる責任を負ってきた。必死でみんなの世話をし、父親の死のようなことが二度と起こらないように心がけてきた。

　そしてマリカ……クリスタの母親。ニコスの短期間の妻。アテナはマリカのことを考えるたびに、裏切られた苦痛に打ちのめされてきた。しかし今、いやでも考えさせられると、さっきクリスタのことを言ったアニアの言葉がよみがえってきた。

　〝彼には渡さない〟アニアは激しく言った。〝彼は決してあの子を愛さない〟

　マリカはアテナより年上で、少し……向こう見ずだった。彼女はデモスにのぼせていて、粗暴な父親や島から必死で逃げようとしていた。母親はニコスの親戚《しんせき》で家族も同然だったが、父親は悪党だった。もしマリカの妊娠を父親が知ったら……その反応を考えて、アテナは身ぶるいした。

　ある考えが――アニアのキッチンで気づいた真実への兆しが――芽生え、ふいに確信に変わった。

　だが今はニコスと話すときではない。ニコスは心配のあまり胸を痛めている。自分もそうあるべきだが、それでも状況はしっくりこなかった。なぜなら私は息子のことをよく知っているからだ。

ニッキーは父親そっくりだ。彼はデモスがどんな人間か知っている。肖像画も見たし、ボートからの脅威も理解している。

　そして今、アレクサンドロスによれば、ボートは岩礁を出たところで動けなくなっているという。

「二人は大丈夫よ」アテナが力強くニコスに言うと、ニコスは打ちひしがれた表情で彼女を見た。

「どうしてわかるんだ？」

「私の息子は利口で勇気があるからよ。あの子は必要なことはなんでもする。父親にそっくりだもの」

　そして二人はアレクサンドロスが言った地点に到着した。ヘリコプターはまだ頭上でホバリングしている。

　アレックスが言ったとおり、ボートにはデモスとクリスタとニッキーの三人がおり、デモスは船べりに身をかがめている。

「武装しているかもしれない」近づきながらニコスは注意したが、アテナは前方にいるいとこを見て、首を振った。

「船酔いよ」

「それでも危険かもしれない」

「私を撃つと？　まさか」アテナは首を振った。

「アレクサンドロスがヘリから見ているのに？　アルギロスじゅうの漁船が私たちの背後にいるのよ。きっと胃の具合のことで頭がいっぱいよ」

　彼女の言うとおりだった。デモスをかまう必要はなかった。モーターボートを横につけても、彼はかろうじて顔を上げただけだった。

　ニコスは瞬時に二隻のボートをつなぐと、まずクリスタを抱えて自分たちのボートに移し、アテナが受け取って抱擁した。ニッキーは自分でボートを渡り、真ん中に座って母親とニコスにほほえんだ。不安のかけらも感じられず、この上なく満足そうな表情だ。

「やっぱり来てくれたね。僕の計画はうまくいくとわかっていたよ」彼はすまし顔で満足げに言った。

「わかっていたって……」ニコスはかすかに言った。

今はほかの船も近づいていた。大型漁船はニコスのモーターボートより遅いが、アルギロスの漁師たちは戦うために全速力で飛ばしてきた。

だが、衝突らしい衝突はなかった。デモスは船べりにかがみ込んで、まったく脅威は感じられない。漁船団は円を作り、たとえデモスがエンジンをかけても、もうどこへも逃げられはしない。

「あいつ、エンジンがとまるまでは大丈夫だったんだよ」みんながデモスを見ると、ニッキーは軽蔑《けいべつ》したように言った。「でもとまったとたん、ボートが上下にゆれはじめて……」

「ちょっといい？」アテナが力なく言った。「上下動が激しくて。私たちを陸に戻してくれる？」彼女はクリスタを抱擁しながらニコスに頼んだ。

ニコスは聞いていなかった。まだデモスを見ていた。しかし、デモスはもはや誰の脅威でもない。みじめな不幸のかたまりだ。

「なにがあったか話してくれ」彼がニッキーに言うと、少年は目を輝かせた。

「おばあちゃんの家のキッチンの窓から、ビーチに彼がいるのが見えたんだ。ボートに見覚えがあったし、絵でも見ていたから、すぐに彼とわかったよ。彼はボートを藪《やぶ》に隠すと、崖道《がけみち》をのぼってきた。僕はクリスタに、彼のボートをとめる方法を知っていると言って、こっそり入江に下りたんだ。ジョーにも気づかれずに。ボートに着いてみたら、本で見た絵とそっくりだった。だから燃料タンクを開けて、砂をいっぱい詰め込んでやった。そして蓋《ふた》を閉めおわったところへデモスが戻ってきたんだ。僕を見てつかまえようとしたけど、僕は逃げた。でもクリスタがつかまったから、僕も一緒になったんだ」

「ああ、ニッキー」アテナは誇らしさと恐怖の入りまじった声で言った。「そんな無茶をして……」

「クリスタがさらわれるのを見ているわけにはいかないでしょ？」ニッキーは母親の非難がましい口調に傷ついて言った。「僕の妹だよ。彼はクリスタをボートに乗せて、僕も行かなければ、けがをさせると言ったんだ。どうせエンジンには砂が詰まっているとわかっていたし、僕も乗ったよ。彼はママが王……王位を放棄すべきだ、そうしなければ僕を傷つけるって言った。だからちょっと不安になったけど、そのうちエンジンがとまって、彼は船酔いになったんだ。銃を持っていたけど、船酔いしている間に、ベルトから抜いて海に捨ててやった。それで彼は僕をぶとうとしたけど、また気分が悪くなった。そこへヘリコプターが来て、上から男の人が手を振ったから、ママが来るとわかったんだ。それでいいんだよね、ママ？」

「ええ」アテナは気づくと笑っていた。涙ぐみながら。ああ、私の息子。私の男たち。そしてニコスを見ると、彼の顔には誇りと愛情と希望……そして尊敬の入りまじった表情が浮かんでいた。

その瞬間、アテナは自分のすべきことがわかった。

これは私の男たち、私の家族。私はアルギロスの王女。それを宣言するのが私の責任なのだ、と。

島を夕闇《ゆうやみ》がおおうと、彼らは宮殿に戻った。鷲《わし》の巣城は脅威があるときの隠れ家だが、もはや脅威はない。アテナは今こそ王位につくべきときだと知った。

アニアとミセス・ラヴロスが子供たちを風呂に入れ、食事をさせて寝かせた。アテナが階下に来ると、アルギロスの男性の半数が集まっているようだった。

ニコスとアレクサンドロスは古めかしい会議室の長

テーブルの上座に座っている。

ニコスがアテナに二人の間に座るよう合図した。しかし、彼女はできなかった。まだ。その前に自分の頭の中で整理することがある。言葉もさがさなければならない。今は話すことはニコスにまかせよう。

「プリンセス・アテナとプリンス・ニコラスを亡き者にしようとした悪党を見つけた」ニコスは部屋の全員に話しながらもアテナを見ていた。「アテネからの殺し屋だ。アレクサンドロスがボートを調査し、連中を見つけた。デモスとのつながりが必要だったが、デモスは明らかにおびえていた。彼には島に情報提供者がいて、今はそれが誰かわかっている――母が友人だと思ったのに、金のためにその友情を裏切った男だ。彼はすでにギリシアに逃げたが、発《た》つ前にデモスに、子供たちが今日、僕の母と一緒にいると告げたんだ」

部屋の男たちは無言だった。ショックを受けているのだ。ニコスもそうだろう、とアテナは思った。その顔はまだやつれている。午後の恐怖は一生忘れないだろう。だが、国民の王子は自分をしっかりと持っていた。

「今はすべてわかっている」ニコスは言って、どうにか苦笑した。「情報を得るための拷問より船酔いのほうが効果的なようだ。デモスを岸に曳航《えいこう》した部下たちが、すべて吐くまでそこにいろと彼に言ったら、もうすべて吐いたよ」

「彼は書面に書き記した」アレクサンドロスが言い添えた。「ペンと紙を渡したら、自白書を書いてサインした。牢獄《ろうごく》はデモスにはいい場所のようだ。どこでも地面が安定していれば」

彼はほほえんだが、ニコスは微笑を返さなかった。今日の出来事は笑い事ではすまされない。

「彼は準備もしていた」ニコスは重々しく言った。「銃を持っていた。ニッキーが話してくれたが……」

彼が言葉につまると、アレクサンドロスが友人の肩に手をのせた。この二人は本当にいたわり合っているのだと、アテナはぼんやり思った。

彼女の心は落ち着いた。すべきことはもうわかる。

「大丈夫だ」ニコスは続けた。「それで……デモスは岸に上がるとコテージまでのぼったが、誰もいなかった。そこで怒ってボートに戻ると、子供たちがいたんだ。一見、彼を待っていたように」彼はためらって身ぶるいを抑えた。「たぶん……それがいちばんよかったんだろう。もしジョーが庭にいて、母が家にいたら……ニッキーをとらえて目撃者を消すために血が流されていただろう」彼は目を閉じた。

アレクサンドロスがあとを引き継いだ。「今ではデモスがギャンブルで問題を抱えていたとわかっている。アルギロスのダイヤモンド鉱山をすべて自由にできると踏んでギャンブルに手を出したんだ。あの富を得るためなら、なんでもするつもりだったのさ」

アテナは身ぶるいした。彼女はドアのそばに立って壁にもたれていた。子供たちが自分を必要とするならすぐに行けるようにしたいと言ったのだが、実際は、ただ見守ってなにを言うべきか考えたいだけだった。そして、それをどう言うかを。

「だから今、彼は獄中にいる」アレクサンドロスはちらりとアテナを見た。「もしよければ、プリンセス・アテナ、サフェイロスで面倒をみるが」

男たちは今、アテナを見て、彼女が話すのを待っていた。アテナは深呼吸し、ニコスのやつれた顔を見た。言うべきことはわかっている。

「ありがとう、アレクサンドロス」彼女は部屋全体に届く声で言った。「でも、デモスはここで裁くわ。きちんとした裁判所ができるまで彼をあずかってくださればありがたいけど。プリンス・ニコスと私は最優先で、この島の裁判制度を作るつもりよ」

「プリンス・ニコス」アレクサンドロスがぼんやりと言った。

「プリンス・ニコスよ」アテナは繰り返した。

「君が放棄すれば、ニコスは……」彼は切り出した。

「私は放棄する気はないわ」

また王族の衣装を着ればよかったかもしれない、と彼女は思った。今朝は弁護士と会うためにスラックスに白のブラウス姿だったが、その後、波に打たれた。おまけに桟橋に着くと、オスカーが飛びついてきて砂まみれになった。風で髪はぼさぼさで、濡《ぬ》れた靴は脱いで、今も裸足《はだし》のままだった——どうでもいいことだけれど。

私は王位継承者アテナであり、自分のものである権利を要求するときなのだ。

「十年前、ニコス・アンドレアディスは私に求婚したわ」彼女はドアのそばの薄暗いアルコーブを出て、テーブルを一周してから上座に行った。そして二人の王子の間に立ち、この島の有力者の男たち、自分の国民を見渡した。「十年前は誤解と脅しがあったの。私は自分がとどまれば国民に害がおよぶかもしれないと思って島を出て、ニコスは私が仕事に夢中だと思って私を行かせた。誤解と悲しみの十年間だったわ。でも、もう違う。今日がこの島の分岐点よ。今日、私はみなさんに言うわ、私はここにとどまると。十年前、ニコスは私に求婚し、私はそれを受けたけれど、今、彼が私でいいのなら、その契約を守りたい。夫婦としてニコスとこの島を統治したいの。アルギロスのプリンス・ニコスとプリンセス・アテナとして」

アテナは振り向いてニコスを見た。彼は……呆然《ぼうぜん》とした表情だ。

「ニコス、あなたは名誉を重んずる人よ」アテナは言った。「自分が島を治めたい、その欲望のためと思われたら、二度と私に求婚しないわよね。この部屋の人はみんな、あなたが高潔な人だと知っている。この島があなたの故郷で、心であると。彼が当然の役割と思えるものを受け入れるべきでないと思う人は、この部屋にいる？　私と並ぶ統治者として？」

部屋は静まり返った。

ニコスはアテナの言葉が信じられないというようにぼんやり見つめている。沈黙はさらに続いた。

そのとき、部屋の奥の一人が拍手しはじめた。それから横の人たちも拍手し、それが次々に広がって、ついには全員が立って拍手喝采《かっさい》していた。

そしてニコスは無言のままアテナを見つめていた。

喝采がやみ、男たちはふたたび椅子に座った。

それでもニコスはなにも言わない。

「申し訳ないけど」アテナは静かに言った。「私とニコスは少し話し合う必要がありそうだわ」

どっと笑いが起き、ニコスはとまどった顔をした。

「だから会議は閉会しましょう」アテナは言った。「望んだことはすべて達成したし。次の会議は……少なくとも男性と同数の女性も参加させてね」

「もう尻に敷かれているな」誰かがニコスに叫んだ。

「彼はそれがいいのさ」ほかの誰かが叫んだ。

「我らがプリンセスは気取り屋じゃない。木のぼりをして子供たちを救う、自慢の王女だ。このロイヤルカップルは二人ともそうなんだ」

だがアテナは聞いておらず、ニコスを見ていた。

「ねえ、ビーチはどう？」彼女は静かに言った。「あそこなら人がいないでしょう？　それとも鷲の巣城の空の見えるドームの塔に戻る？」

「テナ……」

「あなたが決めて。でも話をしないと」アテナが言うと、ニコスはしばらく彼女を見つめてからほほえんだ。そして立ちあがって彼女の手を握った。

島の評議委員たちはふたたび立って拍手し、島の人々の王子は王女を部屋からいざなっていった。

12

遠くまで行く必要はなかった。崖道《がけみち》までよかった。そこからはのぼる月と海に輝く月明かりが見晴らせ、どこまでも静かで、自分たちしかいない。

「君はなにをしたんだ？」ニコスがそっと尋ねると、アテナはほほえんだ。

「私は自分のものを要求したのよ」

「王女になるために僕と結婚する必要はない」

「ええ。でも、あなたを愛しているから、そばにいてほしいから、結婚する必要があるの」

ニコスは深呼吸して彼女に向き直り、手を握った。

「テナ、僕は君を傷つけた……」

「ええ」アテナは言った。「そして私もあなたを傷つけたわ。もうすんだことよ」

「だが、君は説明した……」

「そして、あなたは説明できない」アテナはためらったが、言わなければならない。一度だけ。「ニコス、島を出たとき、私は……あなたが追ってくるのを期待していたわ。あなたは傷つくだろうけど、島を出た理由を説明したかったの。でも、そのとき妊娠しているとわかった。そしてあなたに電話する勇気を奮い起こそうとしていたとき、マリカの妊娠を知らされたの。あなたが彼女と結婚の約束をしていたこと、彼女のほうが私より早く妊娠したことを」

ニコスはうなった。

今はただ彼を抱擁してキスしたいけれど、まず話さなくてはならない。頭の中で整理し、正さないと。

「だから、あなたに裏切られたと思ったの」アテナはやさしく言った。「今日までは……」

「それで今日、なにがあったんだ？」ニコスは尋ねた。「君の気持ちが変わるようなことが？」

なぜかアテナは答える力と確信を抱いていた。

「アニアが〝彼にはあの子は渡さない。彼は決してあの子を愛さない〟と言ったとき、真相がわかったのよ」

「どうしてわかった？　誰も……」

「誰も私に教えていないわ」アテナはささやいた。「あなたとアニアは知っている――あるいはアニアは推測しているだけかもしれないけれど。私が島を出たあと、時間があれば、あなたが連絡をくれ、事情を知ったかもしれないわね。でも、そこへマリカが来た。もちろん、私の推測だけど、正しいと思うわ。マリカはあなたに助けを求めてきた。デモスの子を妊娠して捨てられ、粗暴な父親に知れたら殺されるとおびえて」

ニコスの苦悩は見ていられなかった。無言だが、その瞳の陰りから、知りたいことはすべてわかる。やはり、今話したことが真実なのだ。

「それで、あなたはいいじゃないか、と思ったのよね？　私があなたを裏切り、島を捨てたと思っていたから、マリカを助ければいいって？　だからあなたはマリカと彼女の両親のもとへ行き、マリカが妊娠していることを認めて結婚したいと告げた。彼女の父親は怒らずにあなたを歓迎し、二人は結婚したのね。でも、そのあと生まれた赤ちゃんはダウン症の女の子だった。デモスはかわいがらなかっただろうし、マリカ自身、どうしていいかわからなくて逃げ出した」

それでもニコスは無言だった。その沈黙にアテナは不安になった。でも、ここまで言ったのだ。結論まで持っていくほかはない。

「でも、あなたは……」アテナは心の中で絶対的な真実を話しているとわかっていた。「クリスタを腕に抱いて全島民の前で自分の娘だと宣言した。あなたもお母様も島では尊敬されているから、クリスタへの愛情は保証付きだわ。アニアがおばあさんで、あなたがパパ。彼女の安全は保証されたのよ」

そこでついにニコスが沈黙を破った。「すべて単なる推測だ」激しい口調だった。

「じゃあ、私は間違っていると言って。私を正面から見て、それは違うと言って」

彼はそうしなかった。できなかった。十年前にアテナの心を包んだ苦悩がとけて消えた。

彼は……必要ならなんでもする人なのだ。

私の王子。私のニコス。

「認めろとは言わないわ」アテナはやさしく言った。「でも、私は自分が正しいと知っている」彼女は悲しげにほほえんだ。「クリスタはあなたの娘。なにがあっても、あなたの娘よ。ただ残念なのは、私がずっと愚かだったこと。ボート上の十五分と少しの恐怖ですべて推測したの。ああ、ニコス、あなたのしたことはすばらしいわ。あなたが大好き」彼女はためらった。でも、ここまで言ったのだから……続けよう。「だから……女がこんなことを言うのはなんだけど」彼女はささやいた。「あなたは名誉心がじゃまするでしょう。だからニコス、私は今、心からあなたを愛していると言ってるの。あなたがそうしろと言うなら、私は一人で島を治めるけど、それはあなたが私の求めを断ったときよ。私たちは十年間も待ったのよ。なぜもっと待つの？　あなたは十年前に私に求婚し、私は承諾した。でも、そのときはギオルゴスがじゃまをした。だから今日、私は島の全評議委員の前であらためて承諾したのよ。そして今、もう一度承諾するわ」

ニコスはアテナの手をぎゅっと握った。その顔はまた無表情だが、アテナはその意味を知っていた。それは彼が感情を隠している証拠だ。

「愛しているわ、ニコス」彼女はささやいた。「八歳のときからずっと。もし私に妻になってほしいなら、それに応じるのは名誉だし、私はうれしいわ」

「もし僕が君を欲しいなら」ニコスはささやいた。

「それで？」アテナは顎を突き出してほほえんだ。

「それで、ニコス・アンドレアディス？　私の心のプリンス、どうするの？」

「君と結婚しろと？」

「私はうるさい妻になるわよ」アテナはささやいてほほえんだ。「それにたしかな筋によれば、いびきもかくらしいわ」

「君のいびきは好きだよ」

「いびきなんてかかないわ」

「さっき言ったじゃないか……」

「ニコス！」

「僕は事実をきちんとしたいんだ」彼はいたずらっぽくにやりとした。「自分の置かれる状況を知らないと。妻は一人だね？」

「一人だけよ」アテナは言った。「ヘンリー八世の愚行は、このロイヤルカップルに必要ないわ」

「同感だ」ニコスはすぐに言った。「息子は一人かい？」

「それと娘が一人」アテナは穏やかに言った。「そして……もっと？」その言葉に応《こた》えるニコスの微笑に、彼女は胸がどきどきした。

「君はオスカーも養子にしたいんだろうな」彼はいかにも苦労を耐え忍ぶような口調で言った。

「もちろんよ」

「それでは……」

「それでは？」アテナはささやいて息をのんだ。

「それでは」ニコスは彼女の前にひざまずいた。

アテナはあえいだ。「ニコス……」

「これはきちんとしよう。君は、僕が名誉と忠誠を誓うプリンセスとして、僕に求婚した」

「そうよ」アテナは急に疑い深げに言った。「でも、結婚しなければならないわけではないわ」

「ああ。だが、僕の王女に対する義務も言外にほのめかされているし、僕は地下牢《ろう》送りを恐れて求婚に応じたと思われたくはない」

「地下牢があるの？」

「一緒に見つけよう」ニコスはささやいた。「そこで一言言わせてもらっていいかな、アルギロス王女、アテナ・クリストウ？」

「いいわ」アテナは言った。

「僕の妻になってもらえますか？」

「もちろんよ」アテナは言って、ニコスを自分の前に引き寄せた。「それがあなたの真の望みなら」

「よくそんなことがきけるな？」

「もうきかないわ」アテナはささやいた。「きく必要はないもの。ああ、ニコス。私の最愛の人」

「僕のテナ」ニコスは彼女の髪にささやいた。「僕のプリンセス、僕の命」それから彼はアテナを腕の長さだけ離してにっこりした。喜びと誇りと勝利の表情で。「僕のテナ」純粋な歓喜の叫びが下の入江や背後の城へ響き、海風に乗って島じゅうに吹き渡った。

　彼はアテナをぐるぐるまわしてから地面に下ろし、長く激しい口づけをした。それからふたたび体を離すと、彼女の両手を握って心をつかんだ。

「テナ、ずっと愛していたよ」彼はやさしく言った。「だから……本当に妻になってくれるんだね？」

「ええ」

「プリンスのプリンセスに？」

「もちろん」

「パパのママに？」

「それも」

「僕の恋人に？」

「いろいろ要求が多いのね」

「もちろんだよ」ニコスはアテナを胸に抱き締める

と、顎に手を添えて口を近づけた。「僕たちは家族だ」彼は誓うように激しく言った。「君は僕の妻となり、僕は二度と君を離さない。愛しているよ、アテナ。八歳のころからずっと愛していた。そして、百八歳までだって愛するのをやめない。もっと君のそばにいることが許されるなら何歳までも」

「冗談はやめて」アテナは愛情をこめて言った。

彼女はニコスにキスし、ニコスもキスを返した。

そしてアルギロス王宮の階段では、島の評議委員の半数と宮殿のスタッフほぼ全員が首を伸ばして見ていた。

この島にロイヤルファミリーができた。

だが、プリンスとプリンセスは観衆にはまったく気づいていなかった。

アルギロスの王位継承者の戴冠《たいかん》式兼結婚式は生涯忘れえぬ日となった。崖と遠くの山々を太陽が照らし、海はサファイアとダイヤモンドのようにきらめいている。海からのそよ風は愛撫《あいぶ》のようだ。

戴冠式兼結婚式は正式に王宮の大広間で執り行われるべきだが、それが問題だった。というのも、大広間には五百人しか入れないのに、全島民が見たがったからだ。そこで式典は宮殿とビーチの間の広い芝生で催された。招待状は必要ない。島を愛する者は誰もが、その未来の始まりを目撃することができた。

そして、その未来は保証されていた。最良の君主国で、王家は島の人々の希望と夢の体現であり、ニコスとアテナに島民はその夢を見いだした。

黒のジャケットとズボンにブーツ、飾り房とモールと剣で正装したニコスは、少なくとも半数の観衆の目を魅了した。そして絹とレースのドレスをまとったアテナは、どんなに頑固な島民も涙ぐむ花嫁だった。はっきりおごそかに宣誓した彼女は心から幸せそうで、ほぼ全島民が目をうるませた。

アントニオ神父さえ……。年老いた神父は誇らしく、愛情深く二人を結婚させ、しわくちゃの頬には明らかに一筋か二筋の涙が流れた。そして新郎新婦を祝福したときには、声に喜びがにじんだ。

本来、祝福は新郎新婦だけに向けられるものだが、今回はそれにとどまらなかった。神父はアテナの指輪を、三個のダイヤモンドが埋め込まれたアルギロスの銀の指輪を祝福した。見物する島民を祝福し、サフェイロス島から来たアレクサンドロスとリリーを祝福した。そして第三の島の未来を解決しようとするステファノスをも祝福した。

そしてもちろん、子供たちも。ニッキーは照れながらも誇らしげに花嫁付き添い人を務め、クリスタはピンクと白のふわふわのドレス姿でフラワーガールを務めた。そのドレスには小さな羽根もついていて、クリスタはご機嫌だ。今はママとパパに兄とペットの犬もいるのだ。そして羽根も。少女はうれしそうに薔薇《ばら》の花びらを投げ、ニッキーにも投げさせている。

王家の二人の子供たち……。今も島の老女たちは期待して編み棒の埃《ほこり》を払っている。

だが、編むのは将来のためだ。すべて将来のため。今はロイヤルカップルがひざまずいて二百年以上の伝統の王冠を授かり、割れんばかりの喝采《かっさい》の中、立ちあがった。幸せな門出のために。

王女アテナと王子ニコスは高座に手をつないで立ち、生まれ故郷の島を眺めた。見守る島民たちも、王位継承者となったアルギロスの王女も涙を流している。

王冠は守られた。島のダイヤモンドは国民のものとして確認され、王族に二度とそんな恐ろしい力を持たせないための法の手続きがすでに進んでいる。

デニスは称号を剥奪《はくだつ》されて裁判を待っていた。国外追放ね、とアテナは思った。まだこの男に同情する気持ちがあったからだ。

そして次はなに？

二人の絆《きずな》を固めるためには最低一カ月の新婚旅行が必要だとプリンス・ニコスが宣言したと、マスコミが伝えた。島民たちも賛成している。

場所はどこでもいい、とニコスは妻に言った。モルディブの孤島でも、熱帯のコテージでも……。

アテナが選んだのは……鷲《わし》の巣城だった。ニッキーとクリスタとオスカーを連れて、今夜発《た》つ予定だ。

「今は娘がいるから」彼女は誇らしげにニコスにささやいた。

ニコスはアテナを抱き寄せてまぶたにキスしながら、胸が張り裂けんばかりの愛情を感じた。

ともに未来に向かい合おう。そして最悪のことが起こっても……僕たちは家族だ。愛情と勇気を持って未来に向かい合おう。

そしてオスカーという犬、アニアという祖母とともに。おじ、おばにいとこたち。同じようにこの地を愛する数千の島民たち。僕たちの故国の島。

「完璧《かんぺき》だな」二人並んでアルギロス国民に手を振りながら、ニコスはアテナにささやいた。

「あなた以上に完璧な人はいないわ」アテナはささやき返した。

「それなら君を鏡で見てごらん」ニコスが言い返すと、この厳粛なはずの式典がだいなしになった。

式は秒刻みで予定が決められていて、余計なことをする余裕はない。今は王子が王女の手をとって、高座の中央にある金色と真紅の玉座におごそかにいざなうはずだった。だが、彼はそうしなかった。

その代わりに三分間、アルギロスの王子はアルギロスの王女を腕に抱いてキスしたのだ。

今後一生こうしてキスするかのように。

ハートに きらめきを
ハーレクイン

プリンセスの帰還
2010年8月20日発行

著　　者　マリオン・レノックス
訳　　者　山野紗織（やまの　さおり）

発 行 人　立山昭彦
発 行 所　株式会社ハーレクイン
東京都千代田区外神田 3-16-8
電話 03-5295-8091（営業）
03-5309-8260（読者サービス係）

印刷・製本　大日本印刷株式会社
東京都新宿区市谷加賀町 1-1-1

ISBN978-4-596-22114-8 C0297

8月20日の新刊　好評発売中！

愛の激しさを知る　ハーレクイン・ロマンス

秘書になった王女（ダイヤモンドの迷宮Ⅶ）	ナタリー・アンダーソン／水月　遙 訳	R-2524
愛はうつろいやすく	エマ・ダーシー／大谷真理子 訳	R-2525
再会は復讐のはじまり	アビー・グリーン／小池　桂 訳	R-2526
過ちと呼ばないで	キャロル・モーティマー／飛川あゆみ 訳	R-2527
つれない花婿	ナタリー・リバース／青海まこ 訳	R-2528

ピュアな思いに満たされる　ハーレクイン・イマージュ

プリンセスの帰還（地中海の王冠Ⅱ）	マリオン・レノックス／山野紗織 訳	I-2114
幸せになるためのリスト	マーナ・マッケンジー／麻生りえ 訳	I-2115
奇跡が街に訪れて	ジェニファー・テイラー／望月　希 訳	I-2116

この情熱は止められない！　ハーレクイン・ディザイア

散りゆく愛に奇跡を（キング家の花嫁Ⅴ）	モーリーン・チャイルド／大田朋子 訳	D-1396
ボスに贈る宝物	キャシー・ディノスキー／井上　円 訳	D-1397
夜明けまでは信じて	ジェイン・アン・クレンツ／仁嶋いずる 訳	D-1398

人気作家の名作ミニシリーズ　ハーレクイン・プレゼンツ 作家シリーズ

地中海の王子たちⅠ　暴君に恋をして	シャロン・ケンドリック／藤村華奈美 訳	P-376
アラビアン・ロマンス：バハニア王国編Ⅱ		P-377
砂漠のシンデレラ	スーザン・マレリー／新号友子 訳	
砂塵のかなたに	スーザン・マレリー／高木明日香 訳	

お好きなテーマで読める　ハーレクイン・リクエスト

誘惑という名の復讐（愛と復讐の物語）	リン・グレアム／田村たつ子 訳	HR-284
セクシーな脅迫（愛は落札ずみ）	ジョアン・ロス／伊坂奈々 訳	HR-285
非情なプロポーズ（恋人には秘密）	キャサリン・スペンサー／春野ひろこ 訳	HR-286
華やかな　めまい（地中海の恋人）	ケイ・ソープ／中野　恵 訳	HR-287

"ハーレクイン"原作のコミックス

●ハーレクイン コミックス（描きおろし） 毎月1日発売　●ハーレクイン コミックス・キララ 毎月11日発売
●ハーレクインオリジナル 毎月11日発売　●月刊ハーレクイン 毎月21日発売

※コミックスはコミックス売り場で、月刊誌は雑誌コーナーでお求めください。

9月5日の新刊 発売日9月3日

※地域および流通の都合により変更になる場合があります。

愛の激しさを知る ハーレクイン・ロマンス

逃げだしたプリンセス（予期せぬ結婚 I）	リン・グレアム／漆原 麗 訳	R-2529
再会は憎しみに満ちて	インディア・グレイ／氏家真智子 訳	R-2530
初めてのプロポーズ	スーザン・ジェイムズ／麦田あかり 訳	R-2531
愛しすぎた罪（オルシーニ家のウエディング II）	サンドラ・マートン／藤村華奈美 訳	R-2532
みじめな愛人	シャンテル・ショー／柿沼摩耶 訳	R-2533

ピュアな思いに満たされる ハーレクイン・イマージュ

運命に導かれて	ニコラ・マーシュ／逢坂かおる 訳	I-2117
優しいジェラシー	ジェシカ・スティール／神鳥奈穂子 訳	I-2118
ハッピーエンドの続きを	レベッカ・ウインターズ／秋庭葉瑠 訳	I-2119

この情熱は止められない！ ハーレクイン・ディザイア

妻に捧げる復讐ゲーム（華麗なる紳士たち：悩める富豪 III）	シャーリーン・サンズ／雨宮幸子 訳	D-1399
恋するアリス（テキサスの恋38）	ダイアナ・パーマー／杉本ユミ 訳	D-1400
虹色の誘惑	ロビン・グレイディ／仁嶋いずる 訳	D-1401

永遠のラブストーリー ハーレクイン・クラシックス

無口なイタリア人	ヘレン・ビアンチン／井上圭子 訳	C-850
あなたへの道のり	リズ・フィールディング／高山 恵 訳	C-851
お芝居はいや	キャロル・モーティマー／谷 みき 訳	C-852
愛するには怖すぎて	キャシー・ウィリアムズ／安倍杏子 訳	C-853

華やかなりし時代へ誘う ハーレクイン・ヒストリカル・スペシャル

初恋の帰る場所	アン・アシュリー／名高くらら 訳	PHS-5

ハーレクイン文庫 文庫コーナーでお求めください 9月1日発売

悩める伯爵	アン・アシュリー／古沢絵里 訳	HQB-320
花嫁の値段	ミシェル・リード／雨宮朱里 訳	HQB-321
献身	ヴァイオレット・ウィンズピア／山路伸一郎 訳	HQB-322
奔放な情熱	シャロン・ケンドリック／落合どみ 訳	HQB-323
朝、あなたのそばで	キャサリン・ジョージ／平 敦子 訳	HQB-324
出会いは嵐のように	アネット・ブロードリック／河 まさ子 訳	HQB-325